蔡忠道 主編

大學國文 II

關懷．永續

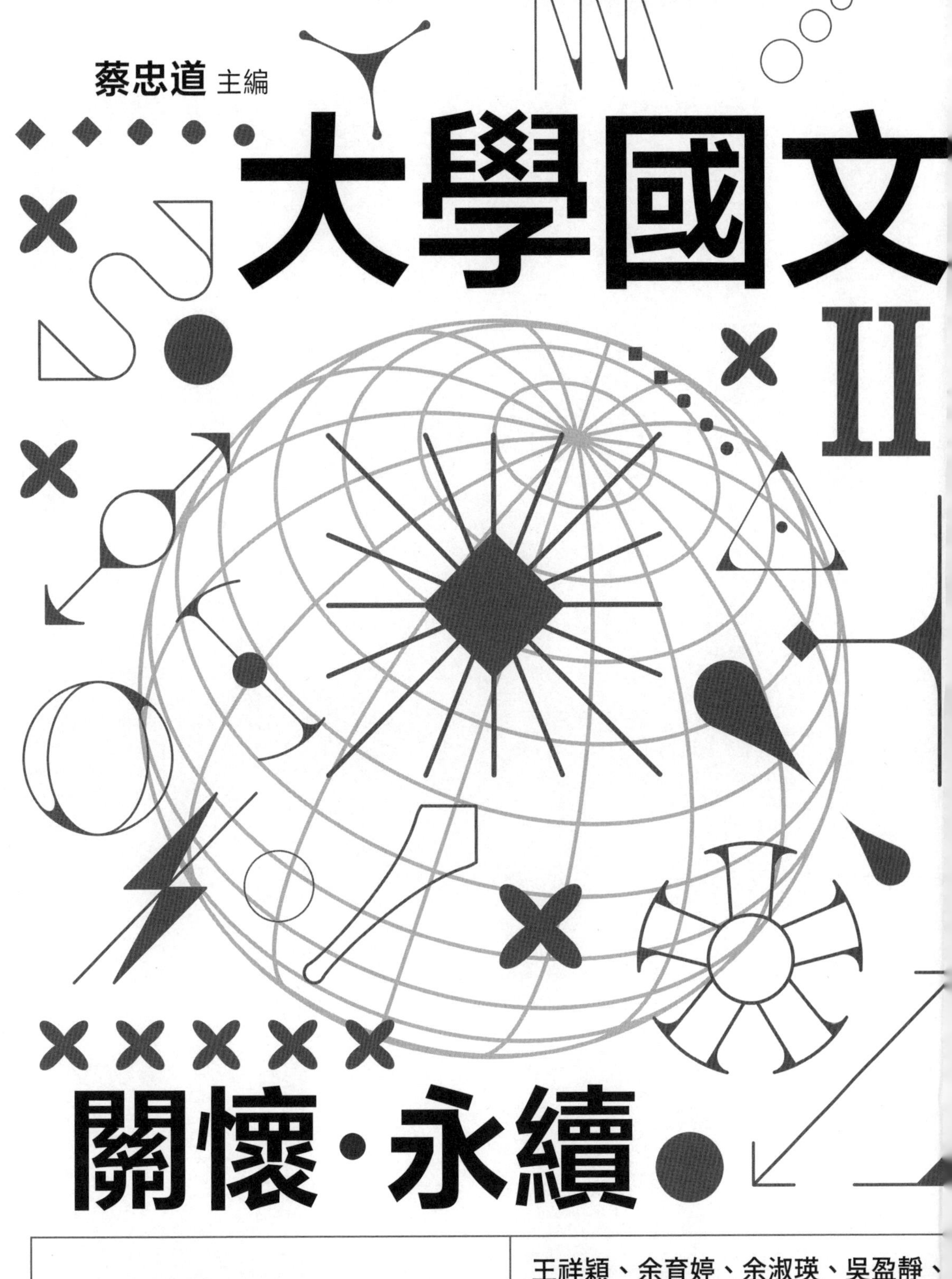

王祥穎、余育婷、余淑瑛、吳盈靜、林宏達、周盈秀、陳政彥、楊徵祥、蘇子敬、蔡忠道◎編著

五南圖書出版公司 印行

序

大學國文，承載許多使命與期待，卻模糊了焦點課程，因而受到許多非議；然而，批評者常以學生語文不佳究責國文教學，可見其肯定閱讀、寫作的重要性，只是覺得語文教育成效不彰。

近幾年，個人有幸參與了臺灣高教現場的國文教學革新，歷時超過十年，超過三十所大學、數百位教師投入，影響學生數超過數十萬人。整個計畫堅守語文學習的核心——閱讀與寫作，在此基礎上，進而透過生命書寫、閱讀、對話，在教學現場傳達關懷，落實深入文意，體貼情感，讓閱讀貼近生命，書寫連結經驗，成功翻轉教學現場。

嘉義大學有幸參與，專、兼任授課教師投入其中，經歷了從閱讀寫作B類計畫，累積經驗，進而開展出全校型的A類計畫，再接續跨領域敘事計畫，前後超過十年，從教材編選、教法創新帶動課堂的翻轉，在課堂中，我們看到一顆顆純潔而細膩的心，老師與TA以謙卑的態度，寶愛這樣的靈魂，一起成長。

變化持續，進步不停。今年，我們因應學生的需求，對教材做了較大幅度的修訂。包括新增單元——跨域視野，還有單元順序調整、超過十篇選文的抽換，期待更貼近學生的生命與經驗，讓學生更深廣地學習中文的閱讀與寫作。

大學國文課程能不斷精進，中文系的專、兼任老師與全體同學，一起參與、成就這樣的教學革新。雖然沒有充裕的經費，老師們仍充滿熱情地授課傳道、修訂教材，迎向新的挑戰，創造新的可能。感謝高教深耕對大學國文持續支持，我們會再加油，持續往前走。

蔡忠道

二〇二四年四月十五日

目錄

五、人際互動

引論

楊徵祥

人類社會是由人所形成的集合體，我們都無法離群索居，不論自己是否願意，在成長的過程之中，免不了要與人交流及互動。藉由交流與互動的過程，包括合作、交往、競爭，甚至於衝突，人與人之間，產生更深刻的情感與認識。

「親情」、「友情」、「愛情」被稱為「人生三情」，是人際互動不可避免的三種情感。親人之間的感情，血濃於水，這種特殊的情感，不管對方是健康或生病，不論自己是貧窮或富有，親情永遠不會消失，互相關懷且不求回報。

友情是很特別的情感，雖然彼此間沒有骨肉血親，但是這種情感可以超越血緣、地域甚至於國家，互動交流，不必帶有任何條件。

愛情，最主觀、最動人，卻也最令人難以理解。元好問〈摸魚兒〉的名句「問世間，情是何物？直教生死相許」。愛情可以讓人感受到溫暖與保護，使雙方擁有幸福，但是卻也最傷人，甚至於昇華的愛情，竟然可以讓人「生死相許」。

本章共計四篇選文：

第一篇選文為蔣防《霍小玉傳》，內容為詩人李益與霍小玉的愛情悲劇。故事女主角霍小玉經媒人介紹，定情於男主角李益，李益步入宦途後，雖然曾不止一次立下了海誓山盟，但終究因門閥風氣，歸家後立即變心，聽從母命，另娶表妹盧氏，並且避不見霍小玉，最後使得霍小玉抑鬱而終。

唯美而浪漫的愛情，令人羨慕，但是愛情卻是無法強求，當單純的愛情面臨親情的壓力、社會的現實等問題，該如何面對與解決，則是一道難解的習題。

第二篇選文為蘇軾〈洗兒詩〉，內容是身為父親的蘇軾，展現出對幼兒疼愛與親情。首句「望」字，表現了父母對孩子的期待，但是自己卻被聰明所「誤」，深怕孩兒步上自己的後塵，怕小孩吃苦受委屈，實屬兩難。讀〈洗兒詩〉前兩句詩文，不禁令人想起《後漢書・范滂傳》，范滂臨終前對他兒子所說的話：「吾欲使汝為惡，則惡不可為；使汝為善，則我不為惡。」身為父親，對愛兒的親情，直到生命的終了都無法割捨。

第三篇選文為張曉風〈半局〉，內容為作者的交友經驗，傳達了友情是透過真誠的互動，經歷了時間的考驗，彼此心靈相互的呼應，才能醞釀而成的關係。文章最後以遊戲到了真正好玩的時候，其中一人不聲不響半途而退，留下眾人的愕然，來表達對朋友早逝的哀慟。

第四篇選文為陳義芝〈為了下一次的重逢〉，內容為追憶因一場意外而已離世三年的兒子，屬於憶亡子的抒情文。

生離死別，是人生的重大課題，同時也是每個人都必須走過的歷程。人際互動，無論是「愛情」、「親情」、「友情」，都應真誠相對。在文章中，作者提到兒子過世三年後，重新檢視朋友三年前寄來的安慰信件之中，發現最能安慰人心的，並不是「請節哀」、「請保重」、「請儘快走出陰霾」的話，而是同聲一哭的無助。真正能撫慰人心的，往往是親身經歷，這是一種「同理心」，是進入他人的內心世界，同時也是感同身受。

霍小玉傳

蔣防❶

大歷❷中，隴西❸李生名益❹，年二十，以進士❺擢第❻。其明年，拔萃❼，

❶蔣防：字子微，一作子徵，唐義興人，生卒年不詳，約西元813年前後在世。唐憲宗元和年間，因作〈鞲上鷹〉詩，而被李紳推薦於朝廷。歷任翰林學士、中書舍人。蔣氏工詩，有集一卷行世。其所著之傳奇小說〈霍小玉傳〉最為著名，後人並取其題材改編為劇本。

❷大曆：西元766年11月至779年12月，是唐代宗的年號，共計十四年。

❸隴西：隴西亦稱隴右，泛指隴山以西今甘肅省東部地區。隴西李氏為李姓中最顯要的一支。

❹李益：字君虞（西元748～827），隴西姑臧（今甘肅省武威縣）人。唐代詩人。代宗時中進士，後官至禮部尚書。擅長邊塞詩，所作七言絕句，著名於時，為大歷十才子之一。有詩集一卷傳世。

❺進士：科舉時代的科目。隋煬帝選拔人才，設進士科，唐宋因之，其時凡舉人試於禮部合格者，稱為「進士」。

❻擢第：考中、登第。

❼拔萃：原指才能出眾。唐代進士登第後，須通過吏部考試，才能授官。「拔萃」為吏部考試的一種。

俟[8]試於天官[9]。夏六月，至長安，舍於新昌里。生門族清華[10]，少有才思，麗詞嘉句，時謂無雙；先達[11]丈人[12]，翕然[13]推伏。每自矜風調[14]，思得佳偶，博求名妓，久而未諧。

長安有媒鮑十一娘者，故薛駙馬家青衣[15]也；折券[16]從良[17]，十餘年矣。性便辟[18]，巧言語，豪家戚里，無不經過，追風挾策[19]，推爲渠帥。常受生誠托厚賂，意頗德[20]之。經數月，李方閒居舍之南亭。申未[21]間，忽聞扣門甚急，云是鮑十一娘至。攝衣從之，迎問曰：「鮑卿今日何故忽然而來？」鮑

❽俟：等待。

❾天官：職官名。周代官制，以天官冢宰居首，總理治國大事，統御眾官。唐代曾改吏部為天官，故亦用來稱呼吏部尚書。

❿清華：形容人清秀俊美。

⓫先達：有學問、道德的前輩。

⓬丈人：長老或老成的人。

⓭翕然：和順的樣子。翕，音ㄒㄧˋ。

⓮風調：自負風采、風韻。

⓯青衣：婢女。

⓰折券：毀掉債券，不再索償，或毀掉契約，不再受拘束限制。

⓱從良：奴婢贖身。

⓲便辟：善於迎合他人。

⓳追風挾策：追風，駿馬名。挾策，拿著馬鞭。本意是揮馬鞭驅馬，此處指為男女說媒打探消息。

⓴德：感激、感恩。

㉑申未：舊時指下午一點至三點這段時間為未時、下午三點至五點為申時。

笑曰：「蘇姑子㉒作好夢未㉓？」有一仙人，謫在下界，不邀㉔財貨，但慕風流。如此色目㉕，共十郎相當矣。生聞之驚躍，神飛體輕，引鮑手且拜且謝曰：「一生作奴，死亦不憚㉖。」

因問其名居。鮑具說曰：「故霍王小女，字小玉，王甚愛之。母曰淨持。即王之寵婢也。王之初薨㉗，諸弟兄以其出自賤庶，不甚收錄㉘。因分與資財，遣居於外，易姓爲鄭氏，人亦不知其王女。資質穠艷，一生未見，高情逸態，事事過人，音樂詩書，無不通解。昨遣某求一好兒郎格調相稱者。某具說十郎。他亦知有李十郎名字，非常歡愜。住在勝業坊古寺曲㉙，甫上車門宅是也。以與他作期約。明日午時，但至曲頭覓桂子，即得矣。」鮑既去，生便備行計。遂令家僮秋鴻，於從兄㉚京兆參軍㉛尚公處假㉜青驪㉝駒，黃

㉒蘇姑子：一說為南齊名妓蘇小小。

㉓作好夢未：指夢到什麼好事情了嗎？

㉔邀：求取。

㉕色目：種類、名目。

㉖不憚：不怕、不畏懼。

㉗薨：音ㄏㄨㄥ。古代諸侯或大官死亡稱為「薨」。

㉘收錄：收留。

㉙寺曲：偏僻的小地方。

㉚從兄：稱謂。稱堂兄。為同祖叔伯之子而年紀長於己的人。

㉛京兆參軍：指京師地區的行政長官。參軍，職官名。東漢置，掌參謀軍務。至隋唐時兼為郡官。

㉜假：借。

㉝青驪：純黑色的駿馬。

金勒[34]。其夕，生浣衣沐浴，修飾容儀，喜躍交並，通夕不寐。遲明[35]，巾幘[36]，引鏡自照，惟懼不諧也。徘徊之間，至於亭午[37]。遂命駕疾驅，直抵勝業。至約之所，果見青衣立候，迎問曰：「莫是李十郎否？」即下馬，令牽入屋底，急急鎖門。見鮑果從内出來，遙笑曰：「何等兒郎，造次[38]入此？」生調誚[39]未畢，引入中門。庭間有四櫻桃樹；西北懸一鸚鵡籠，見生入來，即語曰：「有人入來，急下簾者！」生本性雅淡，心猶疑懼，忽見鳥語，愕然[40]不敢進。逡巡[41]，鮑引淨持下階相迎，延入對坐。年可[42]四十餘，綽約[43]多姿，談笑甚媚。因謂生曰：「素聞十郎才調風流，今又見儀容雅秀，名下固無虛士[44]。某有一女子，雖拙教訓，顏色[45]不至醜陋，得配君子，頗爲相宜。頻見鮑十一娘說意旨，今亦便令永奉箕帚[46]。」生謝

[34] 勒：有嚼口的馬絡頭。
[35] 遲明：天將亮的時候。
[36] 巾幘：戴上頭巾。幘，音ㄗㄜˊ。
[37] 亭午：正午、中午。
[38] 造次：鹵莽。
[39] 調誚：開玩笑。
[40] 愕然：驚奇的樣子。
[41] 逡巡：徘徊不前。
[42] 年可：約略、約計。
[43] 綽約：柔媚婉約。
[44] 無虛士：有盛名的人必有真才實學，名實相符。
[45] 顏色：姿色。
[46] 箕帚：本指婦人持箕帚做家事，引申為卑躬事人。

曰：「鄙拙庸愚，不意顧盼[47]，倘垂采錄，生死爲榮。」

遂命酒饌，即命小玉自堂東閣子[48]中而出。生即拜迎。但覺一室之中，若瓊林玉樹，互相照曜，轉盼精彩射人。既而遂坐母側。母謂曰：「汝嘗愛念『開簾風動竹，疑是故人來。』[49]即此十郎詩也。爾終日念想，何如一見。」玉乃低鬟微笑，細語曰：「見面不如聞名。才子豈能無貌？」生遂連起拜曰：「小娘子愛才，鄙夫重色。兩好相映，才貌相兼。」母女相顧而笑，遂舉酒數巡。生起，請玉唱歌。初不肯，母固強之。發聲清亮，曲度精奇。

酒闌，及暝[50]，鮑引生就西院憩息。閒庭邃宇[51]，簾幕甚華。鮑令侍兒桂子、浣沙與生脫靴解帶。須臾，玉至，言敘溫和，辭氣宛媚。解羅衣之際，態有餘妍，低幃昵[52]枕，極其歡愛。生自以爲巫山、洛浦[53]不過也。中宵[54]之

[47] 顧盼：承蒙你看得起。

[48] 閣子：小房間，多指位於樓閣中的房間。

[49] 開簾風動竹，疑是故人來：《全唐詩・卷二八三・竹窗聞風寄苗發司空曙》：「微風驚暮坐，臨牖思悠哉。開門復動竹，疑是故人來。時滴枝上露，稍沾階下苔。何當一入幌，為拂綠琴埃。」

[50] 暝：天色昏暗。

[51] 邃宇：幽深的房屋。

[52] 昵：親近。通「暱」，音ㄋㄧˋ。

[53] 巫山洛浦：指巫山的神女和洛水的女神，亦指男女歡合。

[54] 中宵：半夜。

夜，玉忽流涕觀生曰：「妾本倡家，自知非匹。今以色愛，托其仁賢。但慮一旦色衰，恩移情替，使女蘿[55]無托，秋扇見捐[56]。極歡之際，不覺悲至。」生聞之，不勝感歎。乃引臂替枕，徐[57]謂玉曰：「平生志願，今日獲從，粉骨碎身，誓不相舍。夫人何發此言。請以素縑[58]，著之盟約。」玉因收淚，命侍兒櫻桃褰幄[59]執燭，受生筆研[60]，玉管弦之暇，雅好詩書，筐箱筆研，皆王家之舊物。遂取秀囊，出越姬烏絲欄[61]素縑三尺以授生。生素多才思，援筆成章，引諭山河，指誠日月，句句懇切，聞之動人。染畢，命藏於寶篋[62]之內。自爾婉孌[63]相得，若翡翠之在雲路也[64]。如此二歲，日夜相從。

[55] 女蘿：古代詩歌中常以菟絲和女蘿纏繞，比喻夫妻或情人的關係。

[56] 秋扇見捐：涼爽的秋天一到，扇子就被棄置不用。比喻女子失寵而遭受冷落。

[57] 徐：緩慢。

[58] 縑：細緻的絲絹。

[59] 褰幄：提起帳幕。

[60] 研：磨墨的用具。同「硯」。

[61] 烏絲欄：畫於卷冊或織於絹素的黑色界格。

[62] 篋：放東西的箱子。音ㄑㄧㄝˋ。

[63] 孌：纏綿。

[64] 翡翠之在雲路也：像翡翠鳥在天上雙飛。翡翠，動物名。一種鳥。鳥綱佛法僧目。與魚狗同類，稍大，全體羽毛帶赤褐色，惟臀部中央與上尾間有白紋一條，又雜以青色斑紋，羽毛可作裝飾品。雲路，天空雲行的路。

其後年春，生以書判拔萃登科[65]，授鄭縣主簿[66]。至四月，將之[67]官，便拜慶[68]於東洛。長安親戚，多就筵餞。時春物尚餘，夏景初麗，酒闌賓散，離思縈懷。玉謂生曰：「以君才地名聲，人多景慕，願結婚媾，固亦衆矣。況堂有嚴親，室無冢婦[69]，君之此去，必就佳姻。盟約之言，徒虛語耳。然妾有短願，欲輒指陳。永委君心，復能聽否？」生驚怪曰：「有何罪過，忽發此辭？試說所言，必當敬奉。」玉曰：「妾年始十八，君才二十有二，迨君壯士之秋，猶有八歲。一生歡愛，願畢此期。然後妙選高門，以諧秦晉[70]，亦未爲晚。妾便舍棄人事，剪髮披緇[71]，夙昔之願，於此足矣。」生且愧且感，不覺涕流。因謂玉曰：「皎日之誓，死生以之。與卿偕老，猶恐未愜素志，豈敢輒有二三。固請不疑，但端居[72]相待。至八月，必當卻[73]到華

65 登科：登上科舉考試之榜。

66 主簿：職官名。為漢代以來通用的官名，主管文書簿籍及印鑑。中央機關及地方郡、縣官府皆設有此官。

67 之：往，前往任官。

68 拜慶：即「拜家慶」。子女遠遊在外，而後回家省親，在唐朝稱為「拜家慶」。

69 冢婦：原指嫡長子的妻子，在此指正妻。

70 秦晉：春秋時代，秦、晉兩國世代多互為婚嫁。後遂以秦晉代指婚姻關係。

71 緇：僧尼穿的黑色袈裟。剪髮披緇指出家為僧尼。

72 端居：平居、安居。

73 卻：退，指回到。

州，尋使奉迎，相見非遠。」更數日，生遂訣別東去。

到任旬日，求假往東都覲親。未至家日，太夫人已與商量表妹盧氏，言約已定。太夫人素嚴毅，生逡巡不敢辭讓，遂就禮謝，便有近期。盧亦甲族也，嫁女於他門，聘財必以百萬爲約，不滿此數，義在不行。生家素貧，事須求貸，便托假故，遠投親知，涉歷江、懷，自秋及夏。生自以辜負盟約，大愆回期[74]，寂不知聞，欲斷期望，遙托親故，不遺漏言。

玉自生逾期，數訪音信。虛詞詭說，日日不同。博求師巫，遍詢卜筮，懷憂抱恨，周歲有餘。羸[75]臥空閨，遂成沉疾。雖生之書題竟絕，而玉之想望不移，賂遺親知，使通消息。尋求既切，資用屢空，往往私令侍婢潛賣篋中服玩之物，多托於西市寄附鋪侯景先家貨賣。曾令侍婢浣沙將紫玉釵一隻，詣景先家貨之。路逢內作[76]老玉工，見浣沙所執，前來認之曰：「此釵，吾所作也。昔歲霍王小女將欲上鬟[77]，令我作此，酬我萬錢。我嘗不

[74] 愆期：指誤期、過期。

[75] 羸：瘦弱。音ㄌㄟˊ。

[76] 內作：指皇宮內工匠。

[77] 上鬟：古代女子十五歲及笄時，把原本披垂的頭髮挽上去，並插上簪子，表示已經成人待嫁了，稱為「上鬟」。

忘。汝是何人，從何而得？」浣沙曰：「我小娘子，即霍王女也。家事破散，失身於人。夫婿昨向東都，更無消息。悒怏[78]成疾，今欲二年。令我賣此，賂遺於人，使求音信。」玉工淒然下泣曰：「貴人男女，失機[79]落節，一至於此！我殘年向盡，見此盛衰，不勝傷感。」遂引至延先公主宅，具言前事，公主亦爲之悲歎良久，給錢十二萬焉。

時生所定盧氏女在長安，生即畢於聘財，還歸鄭縣。其年臘月，又請假入城就親[80]。潛卜靜居，不令人知。有明經[81]崔允明者，生之中表[82]弟也。性甚長厚，昔歲常與生同歡於鄭氏之室，杯盤笑語，曾不相間。每得生信，必誠告於玉。玉常以薪芻衣服，資給於崔。崔頗感之。生既至，崔具以誠告玉。玉恨歎曰：「天下豈有是事乎！」遍請親朋，多方召致。生自以愆期負約，又知玉疾候沉綿，慚恥忍割，終不肯往。晨出暮歸，欲以回避。玉日夜涕泣，都忘寢食，期一相見，竟無因由。冤憤益深，委頓床枕。自是長安中

78 悒怏：憂悶不樂。音ㄧˋ ㄧㄤˋ。
79 失機：錯過良機。
80 就親：婚嫁雙方因居住地相隔遙遠，乃約集到一地，舉行婚禮，稱為「就親」。
81 明經：唐時以經義所取之士。
82 中表：父親的姊妹之子為外兄弟，母親的兄弟姊妹之子為內兄弟，合稱為「中表」。

稍有知者。風流之士，共感玉之多情；豪俠之倫，皆怒生之薄行。

時已三月，人多春遊。生與同輩五六人詣崇敬寺玩牡丹花，步於西廊，遞吟詩句。有京兆韋夏卿者，生之密友，時亦同行。謂生曰：「風光甚麗，草木榮華。傷哉鄭卿，銜冤空室！足下終能棄置，實是忍人。丈夫之心，不宜如此。足下宜爲思之！」歎讓[83]之際，忽有一豪士，衣輕黃紵衫[84]，挾弓彈，風神俊美，衣服輕華，唯有一剪頭胡雛[85]從後，潛行而聽之。俄而前揖生曰：「公非李十郎者乎？某族本山東，姻連外戚。雖乏文藻，心實樂賢。仰公聲華，常思覯止[86]。今日幸會，得睹清揚[87]。某之敝居，去此不遠，亦有聲樂，足以娛情。妖姬[88]八九人，駿馬十數匹，唯公所欲。但願一過。」生之儕輩，共聆斯語，更相歎美。因與豪士策馬同行，疾轉數坊，遂至勝業。生以近鄭之所止，意不欲過，便托事故，欲回馬首。豪士曰：「敝居咫尺，忍相棄乎？」乃挽挾其馬，牽引而行。遷延之間，已及鄭曲。生神情恍惚，

[83] 歎讓：嘆息譴責。
[84] 紵衫：用麻織成的布。
[85] 雛：幼小的童僕。
[86] 覯止：相遇、相見。
[87] 清揚：形容眉目開朗有神。
[88] 妖姬：美貌的姬妾。

鞭馬欲回。豪士遽[89]命奴僕數人，抱持而進。疾走推入車門，便令鎖卻，報云：「李十郎至也！」一家驚喜，聲聞於外。

先此一夕，玉夢黃衫丈夫抱生來，至席，使玉脫鞋。驚寤而告母。因自解曰：「鞋者，諧也。夫婦再合。脫者，解也。既合而解，亦當永訣。由此徵[90]之，必遂相見，相見之後，當死矣。」凌晨，請母梳妝。母以其久病，心意惑亂，不甚信之。僶勉[91]之間，強爲妝梳。妝梳才畢，而生果至。玉沉綿日久，轉側須人[92]。忽聞生來，欻然[93]自起，更衣而出，恍若有神。遂與生相見，含怒凝視，不復有言。羸質嬌姿，如不勝致[94]，時負掩袂[95]，返顧李生。感物傷人，坐皆欷歔。

頃之，有酒肴數十盤，自外而來。一坐驚視，遽問其故，悉[96]是豪士之所致也。因遂陳設，相就而坐。玉乃側身轉面，斜視生良久，遂舉杯酒酬

89 遽：急忙、迫促。
90 徵：驗證、證明。
91 僶勉：勉勵、努力。
92 轉側須人：連轉身都需要旁人攙扶。
93 欻然：忽然、突然。欻，音ㄏㄨ。
94 不勝致：有著無限的情意。
95 袂：衣袖。音ㄇㄟˋ。
96 悉：全部。

地[97]曰：「我爲女子，薄命如斯！君是丈夫負心若此！韶顏稚齒[98]，飲恨而終。慈母在堂，不能供養。綺羅弦管，從此永休。徵痛黃泉[99]，皆君所致。李君李君，今當永訣！我死之後，必爲厲鬼，使君妻妾，終日不安！」乃引左手握生臂，擲杯於地，長慟號哭數聲而絕。母乃舉屍，置於生懷，令喚之，遂不復蘇[100]矣。

生爲之縞素[101]，旦夕哭泣甚哀。將葬之夕，生忽見玉繐帷[102]之中，容貌妍麗，宛若平生。著石榴裙，紫榼襠[103]，紅綠帔[104]子。斜身倚帷，手引繡帶，顧謂生曰：「愧君相送，尚有餘情。幽冥之中，能不感歎。」言畢，遂不復見。明日，葬於長安禦宿原。生至墓所，盡哀而返。

後月餘，就禮[105]於盧氏。傷情感物，鬱鬱不樂。夏五月，與盧氏偕行，歸於鄭縣。至縣旬日，生方與盧氏寢，忽帳外叱叱[106]作聲。生驚視之，則見

[97] 酬地：把酒潑灑於地，用以發願。
[98] 韶顏稚齒：比喻青春年少，容貌美麗。
[99] 徵痛黃泉：將哀痛帶到黃泉。
[100] 復蘇：甦醒。
[101] 縞素：白色的喪服。
[102] 繐帷：用細疏的布製成的靈帳。
[103] 紫榼襠：紫色外袍。
[104] 帔：古代婦女披在肩上的無袖衣飾，即今之披肩。音ㄆㄟˋ。
[105] 就禮：舉行婚禮。
[106] 叱叱：擬聲詞。形容急呼吆喝的聲音。

一男子，年可二十餘，姿狀溫美，藏身映幔，連招盧氏。生惶遽走起，繞幔數匝，倏然[107]不見。生自此心懷疑惡，猜忌萬端，夫妻之間，無聊生矣。或有親情，曲相勸喻。生意稍解。後旬日，生復自外歸，盧氏方鼓琴於床，忽見自門拋一斑犀[108]鈿花[109]合子[110]，方圓一寸餘，中有輕絹，作同心結，墜於盧氏懷中。生開而視之，見相思子二，叩頭蟲[111]一，發殺觜[112]一，驢駒媚[113]少許。生當時憤怒叫吼，聲如豺虎，引琴撞擊其妻，詰[114]令實告。盧氏亦終不自明。爾後往往暴加捶楚，備諸毒虐，竟訟於公庭而遣之。

盧氏既出[115]，生或侍婢媵妾之屬，暫同枕席，便加妒忌。或有因而殺之者。生嘗遊廣陵，得名姬曰營十一娘者，容態潤媚，生甚悅之。每相對坐，

[107] 倏然：突然、很快的。倏，音ㄕㄨˋ。

[108] 斑犀：有斑紋的犀牛角。

[109] 鈿花：用金銀珠寶鑲製成的花形飾物。鈿，音ㄉㄧㄢˋ。

[110] 合子：盒子。

[111] 叩頭蟲：動物名。昆蟲綱鞘翅目。體為長橢圓形，全身黑褐色，觸角長而呈鋸齒狀。腹節可自由屈曲，故仰其腹，能自行躍起，以指按其體，即頻叩其頭，故稱為「叩頭蟲」。亦稱為「磕頭蟲」。後以戲稱受制於權勢，唯命是從，只知鞠躬哈腰的人。

[112] 發殺觜：一種春藥。

[113] 驢駒媚：一種春藥。

[114] 詰：詢問、責問。音ㄐㄧㄝˊ。

[115] 既出：舊時男子休妻。

嘗謂營曰：「我嘗於某處得某姬，犯某事，我以某法殺之。」日日陳說，欲令懼己，以肅清閨門。出則以浴斛[116]覆營於床，周迴封署，歸必詳視，然後乃開。又畜一短劍，甚利，顧謂侍婢曰：「此信州葛溪鐵，唯斷作罪過頭！」大凡生所見婦人，輒加猜忌，至於三娶，率[117]皆如初焉。

作者與賞析

本文選自《太平廣記》卷四八七〈霍小玉傳〉，屬於傳奇小說。「傳奇」為唐人小說的代稱，意指奇聞異事的傳述，是作者有意創作的文學作品。大抵在唐以前，小說大多只是「志人志怪」類的實錄紀事，虛構想像成分不高，屬於雜記式的殘叢小語。唐代則出現概念性的小說，形態從「實錄」分化出來，獨立發展，文人開始有意識地創作小說，篇幅變長，而且開始注重故事描繪，經營布局與結構。

本文作者蔣防，字子微，一作子徵，唐義興（今江蘇宜興）人，生卒年不詳，約西元813年前後在世。唐憲宗元和年間，因作〈韝上鷹〉[118]詩，被李紳推薦於朝廷。歷任翰林學士、中書

---

[116] 浴斛：浴盆。

[117] 率：大概、大致。

[118] 詳見徐志平，《中國古典短篇小說選注》（臺北：洪葉文化事業有限公司，一九九五年一月初版一刷），頁303。

舍人。蔣氏工詩，有集一卷行世。其所著之傳奇小說〈霍小玉傳〉最為著名，後人並取其題材改編為劇本。

〈霍小玉傳〉為唐代愛情小說之代表作，記敘唐代宗時進士李益與娼家霍小玉定情成婚，後卻因母親大人另有安排，竟負心另娶高門、回避霍小玉，最後令霍小玉抑鬱而終的故事。

本文題為霍小玉，實則重點以男主角李益作為起結、轉折的重心。文分六段：

第一段寫李益富於才華，被眾人推崇，二十歲考取進士，在長安城等待拔萃選官。此時的李益欲覓佳偶，以重金請託，經媒婆介紹，前往拜訪霍小玉。

第二段寫李益在媒婆的安排之下，二人見面，定情，並發下誓約。

第三段寫李益赴任前回家省親，並約定回來接霍小玉的時間。此次離別，使兩人的情感發生變化，也是整篇故事轉折的開始。

第四段寫李益回家省親，依從母親之命與高門成親，沒有辦法解決與霍小玉的誓言、約定，決心斷絕與霍小玉的音訊，想以此方法令霍小玉知難而退，不再想望。霍小玉為了尋夫，典賣紫玉釵籌錢，復因思念過深，悒怏成疾。

第五段寫李益的負心無情，引來眾怒，所以豪士特別設局，將李益帶回霍小玉家，男女主角終於再次重逢，霍小玉最後含恨而逝。

末段，寫霍小玉的詛咒成真，使得李益後來的婚姻始終不諧。

由本文也可看出唐代的一些社會現象：

一是唐代「門閥制度」。當時娶一個名門閨秀，對於仕途有極大的幫助，所以李益除了不敢反抗母親的安排之外，現實考量上也覺得娶一位名門閨秀對自己有所助益，造成「不能」也

「不願」與母親大人力爭。

二是唐代「科舉考試制度」盛行。由隋至清，採科舉考試取士，本文主角李益即科舉考試中的進士，意氣風發，覺得前途無可限量。

三是唐代士人「狎妓」之風。由於歌妓能知書吟詠，談吐文雅，所以唐代的士人喜愛狎妓。但是畢竟歌妓的身分低微，所以往往難以求得真愛。

四是唐人迷信鬼神之力。本文最後一段寫李益後來的婚姻不順遂，以鬼神、報應的手法呈現。對李益而言，是因果報應，罪有應得；然而對於與李益成婚的其他女子而言，實屬無辜。

（楊徵祥）

問題與討論

1. 本文以「對比」、「旁襯」的行文手法，精準而生動的語言，將故事描寫得扣人心弦。請詳細說明「行文手法」與「語言生動」之處。
2. 文中以「睽離」、「賣釵」、「設局」與「死訣」四段，呈現曲折離奇的情節，請詳細說明之。
3. 如果你是霍小玉，你會如何處理這一段感情？如果你是李益，你會如何處理這一段感情？
4. 霍小玉與李益的性格，決定了本文的悲劇下場。請就文中霍小玉與李益的表現，論述其性格特質。
5. 除了主角的「人物性格」之外，造成本文以悲劇收場的原因還有哪些？請詳細說明之。
6. 前人以為李益的心態是找一位「談戀愛」的對象，而並非「結婚」的對象，所以是造成悲劇的原因。此種說法是否正確？你有何看法？

7. 文中如何呈現霍小玉的「缺乏安全感」？請詳述之。

8. 李益的個性較懦弱，可以從哪些地方看出來？請詳細說明之。

9. 唐傳奇〈任氏傳〉、〈柳毅傳〉、〈長恨歌傳〉、〈李娃傳〉、〈鶯鶯傳〉亦屬愛情名篇，請比較並說明其間的異同。

10. 明人湯顯祖《紫釵記》，即據〈霍小玉傳〉寫成，請比較並說明其間的異同。

延伸閱讀

1. 方元珍等：《古典短篇小說選讀》，臺北：國立空中大學，二〇〇六年初版。
2. 汪辟疆：《唐人傳奇小說》，臺北：文史哲出版社，一九九三年。
3. 柯金木：《唐人小說》，臺北：三民書局，二〇〇二年初版一刷。
4. 徐志平：《中國古典短篇小說選注》，臺北：洪葉文化事業有限公司，一九九五年初版一刷。

洗兒詩

蘇軾❶

選文

人皆養子望聰明，我被聰明誤一生。
惟願孩兒愚且魯❷，無災無難至公卿。

作者與賞析

蘇軾（西元1037～1101），字子瞻，自號東坡居士，北宋眉州眉山（今四川眉山）人，與父

❶蘇軾：字子瞻，生於宋仁宗景祐三年，卒於宋徽宗建中靖國元年（西元1037～1101）。為蘇洵長子，詩、詞、文、書、畫均出色，為文雄渾奔放，詩亦清疏雋逸，為北派大宗。王安石倡行新法，軾上書痛陳不便，得罪安石，被連貶數州。在黃州時，築室於東坡，自號東坡居士，後累官至端明殿侍讀學士。卒諡文忠。著有《東坡集》、《東坡詞》等。

❷愚且魯：愚鈍、笨拙。

洵、弟轍，號稱「三蘇」，同為「唐宋古文八大家」之一。

宋仁宗嘉祐二年（西元1057），與弟轍應試禮部，歐陽脩擢置第二名。多次被朝廷命官，復因新舊黨爭，多遭貶謫，一生坎坷。

蘇軾才華洋溢，擅長詩、詞、賦、散文、書法和繪畫，是中國文學史與藝術史上罕見的全才。詩與黃庭堅齊名，合稱「蘇黃」，是北宋傑出的詩人；又以詩入詞，開創豪放派的詞風，與辛棄疾並稱「蘇辛」；書法長於行書，與「黃庭堅、米芾、蔡襄」合稱為「北宋書法四大家」。

本詩很明顯是作者抒發內心不滿情緒的詩作：

首句「人皆養子望聰明」，是為人父母最大的心願，每一個父母都希望自己的兒女聰明絕頂。因為「笨」，會被人瞧不起；因為「笨」，會被別人指責、譏笑；因為「笨」，得不到別人的尊重。而聰明絕頂的人，可以超越別人，可以出人頭地，可以在人生的道路上一路順利、成功。但是矛盾的是，聰明的人往往處處令人防衛，令人心生畏懼，因為聰明的人會威脅別人，聰明的人知道別人內心的想法，聰明的人知道別人的所做所為，聰明的人會把別人比下去。

本詩的關鍵在於「我被聰明誤一生」，聰明乃是人人都羨慕的，但是如果太過聰明而不知藏鋒，在行為、言語與文字上，自然容易得罪人。就聰明的人來說，有兩個可能的後果：一是看不慣別人，覺得別人「不聰明」，能力不足，卻可以身位居高位、承擔重任；二是別人不懂得自己，因為聰明，所以可以看得更高、想得更遠，但是旁人沒有你的聰明才智，不能看得高、想得遠，自然不明白你的所做所為，除了不認可你的想法、做法之外，甚至於詛咒你、排擠你。此時，聰明的人往往最孤單、寂寞。

第三句，「惟願孩兒愚且魯」，為了怕小孩重蹈自己的覆轍，怕小孩受自己承受過的苦，雖然內心希望小孩聰明絕頂，但是兩相比較之下，寧願小孩既愚又魯，如此一來就不必再受自己曾受過的苦。

最後一句，「無災無難到公卿」，就字面上而言，是希望自己的兒子可以無災無難地當大官，享受榮華富貴，不像自己，四處流離顛沛。但是此句不也深刻地反映出蘇軾的真心，那些目前得道、得勢的「公卿」高官，每一個在蘇軾的眼中都是「既愚且魯」的「笨」人，即便這是事實，難免又要得罪人。（楊徵祥）

問題與討論

1. 你會希望小孩聰明絕頂、不可一世，或平平凡凡過一生，為什麼？
2. 蘇軾年少時，其母程氏讀〈范滂傳〉，慨然太息，軾請曰：「軾若為滂，母許之否乎？」程氏曰：「汝能為滂，吾顧不能為滂母邪？」請就程氏教導蘇軾的故事，與蘇軾的此首〈洗兒詩〉，說明程氏與蘇軾的想法。
3. 〈范滂傳〉載范滂死前曾對其子云：「吾欲使汝為惡，則惡不可為；使汝為善，則我不為惡。」請就范滂對兒子所說的話，與蘇軾的〈洗兒詩〉，說明兩人的想法。
4. 陶潛〈責子詩〉：「白髮被兩鬢，肌膚不復實。雖有五男兒，總不好紙筆。阿舒已二八，懶惰故無匹。阿宣行志學，而不愛文術。雍端年十三，不識六與七。通子垂九齡，但念梨與栗。天運苟如此，且進杯中物。」同為人父的兩位詩人，對於小孩似乎有不同的期待。請比較陶淵明詩與蘇軾詩的異同。

延伸閱讀

1.〔清〕馮應榴：《蘇軾詩集合注》，上海：上海古籍出版社，二〇〇九年。
2.王水照：《蘇軾選集》，臺北：萬卷樓出版社，一九九一年。
3.徐續：《蘇軾詩選》，臺北：遠流出版社，二〇〇〇年。
4.陳新雄：《蘇軾詩選》，臺北：學海出版社，一九九三年。
5.曾棗莊等：《蘇軾詩文選譯》，江蘇：鳳凰出版社，二〇一一年。
6.楊東聲：《蘇軾及其時代》，吉林：吉林大學出版社，二〇一一年。

半局

張曉風

選文

楔子

漢武帝讀司馬相如的子虛賦，忽然惆悵地說：

「朕獨不得與此人同時哉！」

他錯了，司馬相如並沒有死，好文章並不一定都是古人做的，原來他和司馬相如活在同一度的時間裡。好文章、好意境加上好的賞識，使得時間也有情起來。

我不是漢武帝，我讀到的也不是子虛賦，但蒙天之幸，讓我讀到許多比漢賦更美好的「人」。

我何幸曾與我敬重的師友同時，何幸能與天下人同時，我要試著把這些人記下來。千年萬世之後，讓別人來羨慕我，並且說：「我要是能生在那個時代多麼好啊！」

大家都叫他杜公——雖然那時候他才三十幾歲。

他沒有教過我的課——不算我的老師。

他和我有十幾年之久在一個學校裡，很多時候甚至是在一間辦公室裡——但是我不喜歡說他是「同事」。

說他是朋友嗎？也不然，和他在一起雖可以聊得逸興遄飛，但我對他的敬意，使我始終不敢將他列入朋友類。

說「敬意」幾乎又不對，他這人毛病甚多，帶稜帶刺，在辦公室裡對他敬而遠之的人不少，他自己成天活得也是相當無奈，高高興興的日子雖有，唉聲嘆氣的日子更多。就連我自己，跟他也不是沒有鬥過嘴，使過氣，但我驚奇我眞的一直尊敬他，喜歡他。

原來我們不一定喜歡那些老好人，我們喜歡的是一些赤裸、直接的人——

有瑕的玉總比無瑕的玻璃好。

杜公是黑龍江人，對我這樣年齡的人而言，模糊的意念裡，黑龍江簡直比什麼都美，比愛琴海美，比維也納森林美，比龐培古城美，是榛莽淵深，不可仰視的。是千年的黑森林，千峰的白積雪加上浩浩萬里、裂地而奔竄的江水合成的。

那時候我剛畢業，在中文系裡做助教，他是講師，當時學校規模小，三系合用一個辦公室，成天人來人往的，他每次從單身宿舍跑來，進了門就嚷：

「我來『言不及義』啦！」

他的喉嚨似乎曾因開刀受傷，非常沙啞，猛聽起來簡直有點兇惡（何況他又長著一副北方人魁梧的身架），細聽之下才發覺句句珠璣，令人絕倒。後來我讀到唐太宗論魏徵（那個凶凶的、逼人的魏徵），卻說其人「嫵媚」，幾乎跳起來，這字形容杜公太好了——雖然杜公粗眉毛，瞪凸眼，嘎嗓子，而且還不時罵人。

有一天，他和另一個助教談西洋史，那助教忽然問他那對歷史中兄弟爭位後來究竟是誰死了，他一時也答不上來，兩個人在那裡久久不決，我聽得不耐煩：

「我告訴你，既不是哥哥死了，也不是弟弟死了，反正是到現在，兩個人都死了。」

說完了，我自己也覺一陣悲傷，彷彿紅樓夢裡張道士所說的一個喫它一百年的療妬羹——當然是效驗的，百年後人都死了。

杜公卻拊掌大笑：

「對了，對了，當然是兩個都死了。」

他自此對我另眼看待，有話多說給我聽，大概覺得我特別能欣賞——當然，他對我特別巴結則是在他看上跟我同住的女孩之後，那女孩後來成了杜夫人，這是後話，暫且不提。

杜公在學生餐廳吃飯，別的教職員拿到水淋淋的餐盤都要小心的用衛生紙擦乾（那是十幾年前，現在已改善了），杜公不然，只把水一甩，便去盛兩大碗飯，他吃得又急又多又快，不像文人。

「擦什麼？」他說，「把濕細菌擦成乾細菌罷了！」

吃完飯，極難喝的湯他也喝：

說：

「生理食鹽水，」他說，「好欸！」

他大概吃過不少苦，遇事常有驚人的灑脱，他回憶在政大讀政治研究所時說：

「蛇眞多——有一晚我洗澡關門時夾死了一條。」

然後他又補充說：

「當時天黑，我第二天才看到的。」

他住的屋子極小，大約是四個半榻榻米，宿舍人又雜，他種了許多盆盆罐罐的曇花，不時邀我們清賞，夏天招待桂花綠豆湯、郁李（他自己取的名字，作法把黃肉李子熬爛，去皮核，加蜜冰鎮），冬天是臘八粥或豬腿肉紅煨乾魷魚加粉絲。我一直以爲他對蒔花深感興趣，後來才弄清楚，原來他只是想用那些多刺的盆盆罐罐圍滿走廊，好讓閒雜人等不能在他窗外聊天——窮教員要爲自己創造讀書環境眞難。

「這房子倒可以叫『不畏齋』了！」他自嘲道，「四十、五十而無聞焉，其亦不足畏也——孔夫子說的。」

他那一年已過了四十歲了。

當然，也許這一代的中國人都不幸，但我卻比較特別同情民國十年左右出生的人，更老一輩趕上了風雲際會，多半騰達過一陣，更年輕的在臺灣長大，按部就班地成了青年才俊，獨有五十幾歲的那一代，簡直是爲受苦而出世的，其中大部分失了學，甚至失了家人，失了健康，勉力苦讀的，也拿不出漂亮的學歷，日子過得抑鬱寡歡。

這讓我想起漢武帝時代的那個三朝不被重用的白髮老人的命運悲劇——別人用「老成謀國」者的時候，他還年輕；別人「青年才俊」的時候他又老了。杜公能寫字，也能作詩，他隨筆隨擲，不自珍惜，卻喜歡以米芾❶自居。

「米南宮哪，簡直是米南宮哪！」

大夥也不理他。他把那幅「米南宮眞跡」一握，也就丟了。

有一次，他見我因爲一件事而情緒不好，便仿韓愈〈送李愿歸盤谷序〉中「大丈夫之不得意於時也」的意思作了一篇「大小姐之不得意於時也」的賦，

❶米芾：芾，音ㄈㄨˊ（西元1051～1107）。字元章，號海嶽外史，又號鹿門居士。宋襄陽人，世稱為「米襄陽」。倜儻不羈，舉止顛狂，故世稱為「米顚」。為文奇險，妙於翰墨，畫山水人物，亦自成一家，官至禮部員外郎，或稱為「米南宮」。著有《寶晉英光集》、《書史》、《畫史》、《硯史》等書。

自己寫了，奉上，令人忍俊不禁。

又有一次，一位朋友畫了一幅石竹，他搶了去，爲我題上「淵淵其聲，娟娟其影」，墨潤筆酣，句子也莊雅可喜，裱起來很有精神。其實，我一直沒有告訴他，我喜歡他，遠在米芾之上，米芾只是一個遙遠的八百年前的名字，他才是一個人，一個眞實的人。

杜公愛憎分明，看到不順眼的人或事他非爆出來不可。有一次他極討厭的一個人調到別處去了，後來得意洋洋地穿了新機關的制服回來，他不露聲色的說：

「這是制服嗎？」

「是啊！」那人愈加得意。

「這是制帽嗎？」

「是啊！」

「這是制鞋？」

「是啊！」

那個不學無術的傢伙始終沒有悟過來制鞋、制帽是指喪服的意思。

他另外討厭的一個人一天也穿了一身新西裝來炫耀。

「西裝倒是好，可惜裡面的不好！」

「哦，襯衫也是新買的呀！」

「我是指襯衫裡面的。」

「汗衫？」

「比汗衫更裡面的！」

很多人覺得他的嘴刻薄，不厚道，積不了福，我倒是很喜歡他這一點，大概因爲他做的事我也想做——卻不好意思做。天下再沒有比鄉愿更討厭的人，因此我連杜公的缺點都喜歡。

——而且，正因爲他對人對物的挑剔，使人覺得受他賞識眞是一件好得不得了的事。

其實，除了罵罵人，看穿了他還是個「剪刀嘴巴豆腐心」，記得我們班上有個男孩，是橄欖球隊隊長，不知怎麼陰錯陽差地分到中文系來了。有一天，他把書包擱在山徑旁的一塊石頭上，就去打球了，書包裡的一本《中國文學發達史》滑出來，落在水溝裡，泡得濕透。杜公撿起來，給他晾著，晾了好幾天，這位仁兄才猛然想到書包和書，杜公把小心晾好的書還他，也沒罵人，事後提起那位成天一身泥水一身汗的男孩，他總是笑孜孜的，很溫暖地說：

「那孩子！」

杜公絕頂聰明，才思敏捷，涉獵甚廣，而且幾乎可以過目不忘，所以會意獨深。他說自己少年時喜歡詩詞，好發詩論。忽有一天讀到王國維的《人間詞話》，大吃一驚，原來他的論調竟跟王國維一樣，他從此不寫詩論了。

杜公的論文是《中國歷代政治符號》，很爲識者推重，指導教授是當時政治研究所主任浦薛鳳先生，浦先生非常欣賞他的國學，把他推薦來教書，沒想到一直開的竟是國文課。

學生國文程度不好——而且也不打算學好，他常常氣得瞪眼。

有一次我在嘆氣說：

「我將來教國文，第一，扮相就不好。」

「算了，」他安慰我，「我扮相比你還糟。」

眞的，教國文似乎要有其扮相，長袍，白髯，咳嗽，搖頭晃腦，詩云子曰，陰陽八卦，抬眼看天，無視於滿教室的傳紙條，瞌睡，K英文。不想這樣教國文課的，簡直就是一種怪異。

碰到某些老先生他便故作神秘地說：

「我叫杜奎英，奎者，大卦也。」

他說得一本正經，別人走了，他便縱聲大笑。

日子過得不快活，但無妨於他言談中說笑話的窗度，不過，笑話雖多，總不失其正正經經讀書人的矩度。他創立了《思與言》雜誌，在十五年前以私人力量辦雜誌，並且是純學術性的雜誌，眞是要有「知其不可而爲之」的勇氣，杜公比大多數《思與言》的同仁都年長些，但是居然慨然答應做發行人，臺大政治系的胡佛教授追憶這段往事，有很生動的記載：

「那時的一些朋友皆值二十與三十之年，又受過一些高等教育，很想藉新知的介紹，做一點知識報國的工作。所以在興致來時，往往商量著創辦雜誌，但多數在興致過後，又廢然而止。不過有一次數位朋友偶然相聚，又舊話重提，決心一試。爲了躲避臺北夏季的熱浪，大家另約到碧潭泛舟，再作續談。奎英兄雖然受約，但他的年齡略長，我們原很怕他涉世較深，熱情可能稍減。正好在買舟時，他尚未到，以爲放棄。到了船放中流，大家皆談起奎英兄老成持重，且沒有公教人員的身分，最符合政府所規定的雜誌發行人的資格，惜他不來。說到興處，忽見昏黑中，一葉小舟破水追蹤而來，並靠上我們的船舷。打槳的人奮身攀沿而上，細看之下竟是奎英兄。大家皆高聲叫道：發行人出現了。奎英兄的豪情，的確不較任何人爲減，他不但同意一肩挑起發行人的重責，且對刊物的編印早有全盤的構想。」

其實，何止是發行人？他何嘗不是社長、編輯、校對，乃至於寫姓名發通知的人？（將來的歷史要記載臺灣的文人，他們共有的可愛之處便是人人都有灰頭土臉的編過雜誌。）他本來就窮，至此更是只好「假私濟公」，愈發窮了，連結婚都得舉債。

杜公的戀愛事件和我關係密切，我一直是電燈泡，直到不再被需要爲止。那實在也是一場痛苦纏綿的戀愛，因爲女方全家幾乎是抵死反對。

杜公談起戀愛，差不多變了一個人，風趣、狡黠、熱情洋溢。

有一次他要我帶一張英文小紙條回去給那女孩，上面這樣寫：

「請你來看一張全世界最美麗的圖畫，

會讓你心跳加速

呼吸急促……」

小寶（我們都這樣叫她）和我想不通他那裡弄來一張這種圖畫，及至跑去一看，原來是他爲小寶加洗的照片。

他又去買些粗鉛絲，用槌子把它錘成烤肉架，帶我們去內雙溪烤肉。

也不知道他那裡學來那麼多稀奇古怪的本領，問他，他也只神秘的學著孔子的口吻說：「吾多能鄙事。」

小寶來請教我的意見，這倒難了，兩人都是我的朋友，我曾是忠心不二的電燈泡，但朋友既然問起意見，我也只好實說：

「要說朋友，他這人是最好的朋友：要說丈夫，他倒未必是好丈夫，他這種人一向厚人薄己，要做他太太不容易，何況你們年齡相懸十七歲，你又一直要出國，你全家又如此反對……」

眞的，要家長不反對也難，四十多歲了，一文不名，人又不漂亮，同事傳話，也只說他脾氣偏執，何況那時候女孩子身價極高。

從一切的理由看，跟杜公結婚是不合理的——好在愛情不講究理性，所以後來他們還是結婚了。奇怪的是小寶的母親至終倒也投降了，並且還在小寶出國進修期間給他們帶了兩年孩子。

杜公不是那種憐香惜玉低聲下氣的男人，不過他做丈夫看來比想像中要好得多，他居然會燒菜、會拖地、會插個不知什麼流的花，知道自己要有孩子，忍不住興奮的叨念著：「唉，姓杜眞討厭，眞不好取名字，什麼好名字一加上杜字就弄反了。」

那麼粗獷的人一旦柔情起來，令人看著不免心酸。他的女兒後來取名「杜可名」，出於《老子》，眞是取得好。

他後來轉職政大，我們就不常見面了，但小寶回國時，倒在我家吃了一頓飯，那天許多同事聚在一起，加上他家的孩子，我家的孩子——著實熱鬧了一場。事後想來，凡事都是一時機緣，事境一過，一切的熱鬧繁華便終究成空了。

不久就聽說他病了，一打聽已經很不輕，肺中膈長癌，醫生已放棄開刀，杜公是何等聰明的人，他立刻什麼都明白了，倒是小寶，他一直不讓她知道。

我和另外二個女同事去看他，他已黃瘦下來，還是熱呼呼地弄兩張椅子要給我們坐，三個人推來讓去都不坐，他一逕堅持要我們坐。

「唉呀，」我說：「你眞是要二椅殺三女呀！」

他笑了起來——他知道我用的是「二桃殺三士❷」的典故，但能笑幾次了呢？我也不過強顏歡笑罷了。

他仍在抽菸，我說別抽了吧！

「現在還戒什麼？」他笑笑，「反正也來不及了。」

那時節是六月，病院外夏陽豔得不可逼視，暑假裡我即將有旅美之行——我知道那是我最後一次看他了。

後來我寄了一張探病卡，勉作豪語：

「等你病好了，咱們再煮酒論戰。」

寫完，我傷心起來，我在撒謊，我知道旅美回來，迎我的將是一紙過期的訃聞。

❷二桃殺三士：春秋時齊相晏嬰向景公獻計以二桃賜公孫接、田開疆、古冶子三勇士，令其論功領賞，欲其自相殘殺以除後患。後三人因此而自殺。典出《晏子春秋・內篇・諫下》。後比喻運用計謀殺人、借刀殺人。

旅美期間，有時竟會在異國的枕榻上驚醒，我夢見他了，我感到不祥。對於那些英年早逝棄我而去的朋友，我的情緒與其說是悲哀，不如說是憤怒！

正好像一羣孩子，在廣場上做遊戲，大家才剛弄清楚遊戲規則，才剛明白遊戲的好玩之處，並且剛找好自己的那一伙，其中一人卻不聲不響的半局而退了，你一時怎能不愕然的手足無措，甚至覺得被什麼人騙了一場似的憤怒！

滿場的孩子正在遊戲，屬於你的遊伴卻不見了！

九月返國，果眞他已於八月十四日去世了，享年五十二歲，孤女九歲，他在病榻上自擬的輓聯是這樣的：

「天道好還，國族必有前途，爲劫難方殷，先死亦佳，勉無深惡大罪，可以笑謝茲世；」

「人間多苦，事功早摒奢望，已庸碌一生，倖存何益，忍拋孤嫠[3]弱息，未免愧對私心。」

[3] 嫠：音ㄌㄧˊ，寡婦。

但寫得尤好的則是代女兒輓父的白話聯：

「爸爸說要陪我直到結婚生了娃娃，而今怎教我立刻無處追尋，你怎捨得這個女兒；」

「女兒只有把對您那份孝敬都給媽媽，以後希望你夢中常來看顧，我好多喊幾聲爸爸。」

讀來五內翻湧，他眞是有擔當、有抱負、有才華的至情至性之人。

也許因爲沒有參加他的喪禮，感覺上我幾乎一直欺騙自己他還活著，尤其每有一篇自己比較滿意的作品，我總想起他來，他那人讀文章嚴苛萬分，輕易不下一字褒語，能被他擊節讚美一句，是令人快樂得要暈倒的事。

每有一句好笑話，也無端想起他來，原來這世上能跟你共同領略一個笑話的人竟如此難得。

每想一次，就悵然久之，有時我自己也驚訝，他活著的時候，我們一年也不見幾面，何以他死了我會如此嗒然、若失呢？我想起有一次看到一副對聯，現在也記不眞切，似乎是江兆申先生寫的：

相見亦無事
不來常思君

眞的，人和人之間有時候竟可以淡得十年不見，十年既見卻又可以淡得相對無一語，即使相對應答又可以淡得沒有一件可以稱之爲事情的事情，奇怪的是淡到如此無干無涉，卻又可以是相知相重、生死不捨的朋友。

作者與賞析

張曉風（西元1941～）江蘇銅山人，出生於浙江金華，一九四九年來臺。青少年時期居住屏東，融入臺灣庶民生活。一九五八年北上就讀東吳大學中文系，畢業後留校擔任助教，先後任教東吳大學中文系、陽明醫學院通識中心。張曉風致力現代文學創作，自一九六六年《地毯的那一端》出版後，筆耕不輟，數十年來，著作等身，成果豐碩。筆名有「曉風」、「桑科」、「可叵」等，分別使用在不同內容和特色的作品中。張曉風是一位虔誠的基督徒，作品中常見其蘊含著宗教情懷與人世悲憫。

其寫作題材及文體豐富寬廣，文學內涵和風格亦因人生閱歷的增長而有不同的轉變。在散文部分，早期的作品以愛情的憧憬、生活的感懷、自然的聆賞等感性柔美，清新溫婉的特色為主，作品有〈地毯的那一端〉（一九六六）、〈詩詩晴晴與我〉（一九七七）、〈步下紅毯之後〉（一九七九）等。中年之後，作品的內涵擴及家國愁思、民族意識、社會現實、都會疏離、生命體悟等面向，作品有〈你還沒有愛過〉（一九八一）、〈再生緣〉（一九八二）、〈我在〉（二〇〇四）、《放爾千山萬水身——張曉風旅遊散文精選》（二〇一五），近年作品有〈蘼過春山草自香〉（二〇二二）、〈八二華年〉（二〇二四）等。

在小說戲劇的書寫亦有亮眼的成果，小說作品有《哭牆》（一九六八）、《曉風小說集》（一九七六）。一九六八年曾從李曼瑰教授研習戲劇，劇本取材自中國古典散文、民間傳說及史籍，作品有《武陵人》（一九七三）、《第五牆》（一九七三）、《和氏璧》（一九七五）等。基於對兒童啟蒙教育的重視，亦投入兒童文學的創作，作品有《祖母的寶盒》（一九八二）、《誰是天使？》（二〇一二）等。

以「桑科」、「可叵」的筆名，發表一系列老辣諷刺，針砭事態人情的雜文評論，是知識分子表達良知的諍言，看似嘻笑怒罵的筆調中，暗寓對社會的關懷與憂心。作品有〈幽默五十三號〉（一九八二）、〈通菜與通婚〉（一九八三）、〈送你一個字〉（二〇〇九）。

在其各類作品中，常令人感到一份儒家的仁心與基督的博愛，凝鍊融鑄在作品中的思想與情感，深刻流露「民吾同胞，物吾與也」的悲憫胸懷。瘂弦曾評其文：

> 讀張曉風不但可以「多識於草木蟲魚之名」，而隨他穿過中國宮殿的宗廟殿堂，更會發現宮中有宮，室內有室，千門萬戶，雍雍穆穆，而原型在焉。

對於她的作品傳承中國古典道統文風，有極高的評價。（余淑瑛）

問題與討論

1. 你對於所謂「知己」的定義為何？你是否已擁有這樣的朋友？
2. 文中的杜公，為人處事的風格，你欣賞嗎？或者，你欣賞的人格典範為何？

延伸閱讀

1. 王文興：〈張曉風的藝術・評「我在」〉，《中國時報》，第八版，一九八五年。
2. 張春榮：〈活著與當下——談張曉風〈這杯咖啡的溫度剛好〉〉，《文訊月刊》，一三五期，一九九七年，頁23-24。
3. 郭明福：〈有情天地有情人——我讀「步下紅毯之後」〉，《中華日報》，第十版，一九八二年。
4. 楊照：〈不只是位散文家——閱讀散文家〉，《中國時報》，第三十七版，一九九九年。
5. 張曉風：《你還沒有愛過》，臺北：大地出版社，一八九一年。
6. 張曉風：《星星都已經到齊了》，臺北：九歌出版社，二〇〇三年。

為了下一次的重逢

陳義芝

選文

清明時候，又一次來到聖山寺。在濛濛的小雨裡，我特意先彎到雙溪國小，將車停在溪畔，獨自走進空無一人的操場。沿著圍牆，穿越教室走廊，在那株森然的茄苳樹下，彷彿又看到穿著紅白花格襯衣的邦兒。

那年邦兒就讀小二，星期天我帶他和小學五年級的康兒坐火車郊遊，在車上隨興決定要在哪一站下。父子三人的火車之旅，第一次下的車站就是雙溪。

當年操場上太陽白花花的，小跑著嬉鬧一陣，邦兒就站到茄苳樹蔭下去了。小時候，他憨憨的、胖胖的，聽由媽媽打扮，有時穿白襯衫打上紅領結，煞是好看。那天穿花格襯衫，捲袖，許是天熱，流了一身汗，又沒零嘴吃，雙溪這處所因而並不稱他的心。我們沒走到街上逛，天黑前就意興闌珊搭火車回家了。

一晃眼十幾年過去。一樣是周末假日，此刻，我獨自一人，蕭索對望雨洗過的蒼翠山巒與牛奶般柔細的煙嵐，四顧茫茫，樹下哪裡還有花格子衣的人影？茹苳印象不過是瞬間的神識剪貼罷了。

那時，兩兄弟是健康無憂的孩子，經常走在我的身邊，而今邦兒已在離雙溪不遠的聖山寺長眠，住進「生命紀念館」三樓，遙望著太平洋；康兒經歷一場死別的煎熬選擇留在加拿大。我和紅媛回返台北，仍頂著小户人家亟欲度脱的暴風雨，三年來，經常穿行石碇、平溪的山路，看到福隆的海就知道，快到邦邦的家了。

邦兒過世，漢寶德先生寄來一張藏傳佛教祖師蓮花生大士的卡片，中有綠度母像，我一直保存著，因安厝邦兒骨罈的門即爲綠度母所守護。綠度母乃觀世音悲憐眾生所掉眼淚的化身；邦兒是我們家人眼淚的化身。林懷民寄了一枚菩提迦耶（Bodhgaya）的菩提葉，左下缺角如被蟲囓過，右上方有一條葉脈裂開。我靜靜地看這枚來自佛陀悟道之地的葉子，傳說中永遠翠綠不凋的枝葉，一旦入世也已殘損，何況無明流轉的人生。青春之色果眞一無憑依！

還記得三年前我懷抱邦兒的骨罈到聖山寺，與紅媛一道上無生道場，心道師父開示「生命的重生與傳續」。師父說，人的緣就像葉子一樣，葉子黃的時候就落下，落到哪裡去了呢？沒到哪裡去，又去滋養那棵樹了。樹是大生命，葉子是小生命，小生命不斷地死、不斷地生，大生命是不死的。人的意識就像網路一樣交叉，分分合合，不斷變化，要珍惜每一段緣。

「我們會再碰面嗎？」傷心的母親泣問。

「沒有人不碰面的！」師父說：「我們只是身體、想法在區隔，如果你的想法跟身體都不區隔它，我們都是在一起的。」師父更以眾生永是同體，勉勵傷心的母親要愛護自己。

命運不是人安排的，人只能身受命運的引領。如果不是朋友勸說，我們不會申辦移民；如果不是我有長久的寫作資歷，無法以作家身分辦理自雇移民；如果不是移民，孩子不會遠赴加拿大念書，也許就沒有這場慘痛的意外。然而，一切意外看起來是巧合，又都是有意義的。蜂房的蜜全由苦痛所釀造，蜂房的奧祕就是命運的奧祕。

邦兒走後，我清理他的衣物，發現一本台灣帶去的書《肯定自己》，是他國中時念的一本勵志書，「以意外事件來說，交通事故是死亡率最高的事件。生活周遭也時時刻刻藏著許多一發不可收拾的危險……」這是他寫的一段眉批。他寫這話時何嘗預知十年後的發生，但十年後我驚見此頁卻如讖語一般電擊，益加相信不幸的機率只能以命運去解釋。這三年我常想到法國導演克勞德・雷路許拍的電影《偶然與巧合》，雅麗珊卓・瑪汀妮茲飾演的芭蕾舞者，在愛子與情人一起意外身亡時，孤身完成一段尋覓摯愛的旅程。紅衣迷情的芭蕾麗人驟然變成黑衣包裹的沉哀女子。果真如劇中人所云「越大的不幸越值得去經歷」嗎？不久前我找來這部片子重看，雜糅了自己這三年的顚躓回憶，總算體會了：人生沒有巧合只有注定，意外的傷痛也會給人預留前景。

紅媛和我在無生道場皈依，師父說：「佛法要去見證。」我們就從「佛法是悲苦的」開始見證起，趕在七七四十九天內，合念了一百部《地藏經》，化給邦邦。

我於是知道地藏菩薩成道之前，以名叫光目的女子之身，至地獄尋找母親，啼淚號泣，發下地獄不空誓不成佛的誓願。佛法如烏雲邊上的亮光，當烏雲罩頂，一般人未必能即時參透，但透過微微的亮光，多少能化解情苦。

「我們還會再碰面嗎？」無助的母親不只一次椎心問。「沒有人不碰面的，」師父不只一次回答：「我們只有一個空間，都在一個意識網裡，現在只是一時錯開，輪迴碰到的時候就又結合了。」他安慰我們，未了的緣還會再續，多結善緣，下一次見面時生命就能夠銜接得更好。

我恍惚中知道，人的大腦很像星空，若得精密儀器掃描，當可看到漂浮於虛空的神識碎片。三年前，如果邦兒只是腦部受傷，我想，他的神識碎片會慢慢聯結，會慢慢癒合的，可惜意外發生時他的心肺搏動停止太久才獲急救，終致器官敗血而無力可挽。在醫院加護病房那七天，他看似沒有知覺、沒有反應，但我相信天文學家的分析，黑洞有一種全宇宙最低的聲波，比鋼琴鍵中央C音低五十七個八度音，那是黑洞周圍爆炸引起的，已低吟了三十億年，邦兒經歷死亡掙扎，無法用聲口傳語，必代之以極低頻率的聲波回應我們在他耳邊的說話。三年來，這聲波仍不斷地在虛空中迴盪，在我們生命的共鳴箱裡隱約叫喚。若非如此，我們怎麼一直無法忘去，由他出現在夢裡？若非如此，做母親的怎會痛入骨髓，甚至肩頸韌帶斷裂。

做完七七佛事那天，親人齊集無生道場，黃昏將盡，邦兒的嬸嬸在山門暮色中驀然看見邦兒，還聽到他說：「我不喜歡媽媽那樣，不想她太傷心！」這是最後的辭別，母子連心的割捨。

邦兒走了三年，我才敢重看當年的遺物，他的書本、筆記、打工薪資單和遺下的兩幅油畫。從紫色陶壺裡伸出一條條絹帶那幅他高中時畫的油畫，意象奇詭，像是古老的「瓶中書」，又像現代的傳眞列印紙；有時看著看著又聯想到是某一古老染坊的器物。

他有一篇英語一〇一的報告，談加拿大女作家瑪格麗特．艾特伍的小說〈浮出表面〉，敘事者尋找失蹤的父親及她的內在自我，角色疏離與文化對抗的主題融會了邦兒的體驗，讀之令人失神。

我同時檢視三年前朋友針對這一傷痛意外寫來的信。發覺能安慰人的，不是「請節哀」、「請保重」、「請儘快走出陰霾」的話，而是同聲一哭的無助，像李黎說的「有一種痛是澈骨的，有一種傷是永難癒合的」，像隱地說的「人在最難過的時候，別人是無法安慰的，所有的語言均變成多餘」，像董橋說的「人生路上布滿地雷，人人難免，我於是越老越宿命」，也像張曉風說的：

極大的悲傷和遽痛，把我們陷入驚竦和耗弱，這種經驗因爲極難告人，我們因而又陷入孤單，甚至發現自己變成另一國另一族的，跟這忙碌的、熱衷的、歡娛的、嬉笑的世界完全格格不入……但，無論如何，偶然，也讓自己從哀傷的囚牢中被帶出來放風一下吧！

她告訴我的是「死」而「再生」的道理，當我搖晃地走出囚牢才約略有一點懂了。

事情發生當時，友人幫我詢問台大腦神經外科醫生，隔洋驗證醫方；傳書叮囑誠心誦念「南無藥師如來佛琉璃光」百遍千遍迴向給孩子。待我辦完邦兒後事回台，很多朋友不惜袒露自己親歷之痛，希望能減輕我們的痛楚。齊邦媛老師講了一段被時代犧牲的情感，她二十歲痛哭長夜的故事。陳映眞以低沉的嗓音重說幼年失去小哥，他父親幾乎瘋狂的情景。

蘭凋桂折，各自找尋出路……這就是人生。我很慶幸在大傷痛時，冥冥中開啓了佛法之門。從《心經》、《金剛經》、《地藏菩薩本願經》，到《法華經》，紅媛與我或疾或徐地翻看，一遍、十遍、百遍誦讀。

「就當作這孩子是哪吒分身，來世間野遊、歷險一趟，還是得回天庭盡本分。」老友簡媜的話，像一面無可閃躲的鏡子：「生兒育女看似尋常，其實，我們做父母的都被瞞著，被宿命，被一個神祕的故事，被輪迴的謎或諸神的探險。我們曾瞞過我們的父母卻也被孩子瞞了。」

王文興老師來信說：「東坡居士嘗慰友人曰：兒女原泡影也。樂天亦嘗云落地偶爲父子，前世後世本無關涉。」我據以寫下〈一筏過渡〉那首詩，以「忍聽愛慾沉沉的經懺／斷橋斷水斷爐煙」收束，當作自己的碑銘。

歸有光四十三歲喪子，哀痛至極，先作〈亡兒壙誌〉，再建思子亭，留下〈思子亭記〉一文。他至爲鍾愛的兒子十六歲時與他同赴外家奔喪，突染重病而亡，歸有光常常想著出發那天，孩子明明跟著出門，怎料到足跡一步步就消失在人間。此後，不論在山池、台階或門庭、枕席之間，他總是看到兒子的蹤跡，「長天遼闊，極目於雲煙杳靄之間」，做父親的徘徊於思子亭，祈求孩子趕快從天上回來。這是邦兒走後，我讀之最痛的文章。

美國詩人愛默森追悼五歲兒子的長詩〈悲歌〉，我也斷續讀過兩遍。孩子是使世界更美的主體，早晨天亮，春天開花，可能都是爲了他，然而他失蹤了：

大自然失去了他，無法再複製；
命運失手跌碎他，無法再拾起；
大自然，命運，人們，尋找他都是徒然。

誰說「所有的花朵終歸萎謝，但被轉化爲藝術的卻永遠開放」？誰說「詩文可以補恨於永恆」？

邦兒已如射向遠方的箭，沒入土裡，歲歲年年，我這把人間眼淚鏽染的弓，只怕再難以拉開，又如何能夠補恨於今生！

活著的，只是心裡一個不願醒的夢罷了。芸芸眾生，誰不是爲了愛而活著，爲了下一次的重逢，在經歷不是偶然的命運！

作者與賞析

陳義芝（西元1953～），出生於花蓮，三歲移居彰化。高雄師範大學國文博士。一九七二年與洪醒夫、蘇紹連等人創立《後浪詩刊》，一九七四年改為《詩人季刊》。創作以詩為主，兼寫散文、評論。曾獲金鼎獎、時報文學推薦獎、詩歌藝術創作獎、中山文藝獎、榮後臺灣詩人獎。著作十餘種，重要詩集有：《青衫》、《遙遠之歌》、《不能遺忘的遠方》、《不安的居住》、《我年輕的戀人》；重要散文集《為了下一次的重逢》。曾任中小學教師、聯合報副刊主任，現於臺灣師範大學國文學系任教。

本文選自散文集《為了下一次的重逢》，是陳義芝追憶亡子邦兒的血淚之作。二〇〇三年六月，陳義芝的次子邦兒在青春正盛的二十一歲，因為一場意外不幸命喪異鄉。面對死亡突如其來地降臨，陳義芝將內心的悲痛化為文字，追想往事、思念愛子的同時，也重新思考「生命」這個議題。

全文一開頭從雙溪起筆，過去的雙溪，有著父子三人平淡幸福的生活點滴；如今雙溪的不遠處——聖山寺，卻是邦兒的長眠之處。藉由今昔的對比，帶出父母對亡子的無盡思念。在經歷喪子之痛後，作者開始思考無明流轉的人生，是否有著命運的引領。而經過三年的顛躓回憶，陳義芝體會到：「人生沒有巧合只有注定，意外的傷痛也會給人預留前景。」為了愛子，陳義芝與妻子紅媛合念了一百部《地藏經》化給邦兒，並在此傷痛中開啟佛法之門，藉由佛法療癒心中悲苦，期待在未知的生死輪迴中，能與邦兒再一次重逢，接續未了緣分。

陳義芝的生死省思，來自於最沉痛的喪子經歷。文中：「蘭凋桂折，各自找尋出路……這就是人生。」是陳義芝經此大痛後所得到的體悟。人生無常，應如何看待？陳義芝在《為了下一次的重逢・自序》中說：「貫串整本書的軸線是：緣與命。」閱讀此文，時能發現緣與命的交錯，以此來看，人生的聚散離合，或許正源自於此。

陳義芝是著名詩人，散文數量較少，但散文集《為了下一次的重逢》無疑是創作路上新的里程碑。此文在平實的敘述中，運用精確又充滿詩意的文字，透過一次次的問答與反思，擴張情感濃度的同時，也蘊含生命的哲理，讀來令人心折。（余育婷）

問題與討論

1. 中年喪子是人生至痛，陳義芝悲痛之餘因此體會：「人生沒有巧合只有注定，意外的傷痛也會給人預留前景。」生與死，果真是注定的嗎？是否多結善緣，便能與所愛之人再續前緣？請思考並討論之。
2. 面臨親人驟逝，請問以何種方式與思考去面對，會比較容易走出悲傷？
3. 如果生命的型態是不停地流轉，那麼人生的意義在哪裡？我們應當如何看待此生的存在？

延伸閱讀

1. 陳義芝：〈異鄉人〉，收入《為了下一次的重逢》，臺北：九歌出版社，二〇〇六年。
2. 李黎：《悲懷書簡》，臺北：印刻文學生活雜誌出版有限公司，二〇〇九年。
3. （美）李奧・巴斯卡力（Leo Buscaglia）：《一片葉子落下來》，新店：經典傳訊，一九九九年。
4. （法）亞歷珊卓・大衛—尼爾（Alexandra David-Neel）：《五智喇嘛彌伴傳奇》，臺北：橡樹林，二〇〇五年。

六、社會關懷

引論

蔡忠道

人是群居的動物，因此，人與人之間會彼此關心，這不僅是為了追求個人或群體生存的本能，更是發乎本心，自利利他的不得不然。人對於他人的不幸，有一種不可抑遏的悲憫：對於社會公眾的事物，當然無法置身事外，畢竟，這些事務牽涉更多人的生活與生存，必須在合理的軌道中運行，才能真正保障社會的公平正義。儒家標舉的「大學之道」，由「明明德」、「新民」、「止於至善」，從個人的「誠意」、「正心」做起，到「平天下」的社會關懷，都是人之所以為人，追求生命美善的必然進程。在社會關懷的實踐中，我們可以本於惻隱之心，設身處地地了解對方的感受、困境，並在值遇之際，隨分隨力地給予關懷與溫暖。我們也可以針對社會的不公不義，指出其不合理之處，批判既得利益者貪婪、虛偽的真面目。我們更應該建立自我生命的大格局，在利他中成就生命無上的價值。本單元選錄了三課：陳列〈老兵紀念〉是同情的了解、《詩經・小雅・大東》是嚴厲的批判、簡媜〈貼身暗影〉則是單身女性處境的觀照，涵蓋了社會關懷的三個層面：了解、批判與體察。閱讀本單元，期待我們對「社會關懷」的議題有更多層面的了解與思考，體認「社會關懷」在個人生命價值追求中的必然，進而投入公共事務，利益他人。

谷風之什・大東

《詩經・小雅》

選文

有饛簋飧❶，有捄棘匕❷。周道如砥，其直如矢❸；君子所履，小人所視❹。睠言顧之，潸焉出涕❺。

❶饛：音ㄇㄥˊ，滿貌；簋：音ㄍㄨㄟˇ，盛黍稷之器；飧：音ㄙㄨㄣ，熟食。

❷捄：音ㄑㄧㄡˊ，曲而長貌；匕：音ㄅㄧˇ，酸棗木所製之勺。

❸周道：周之國道，蓋兼有西周為政之道之意，一語雙關；砥：磨刀石，言其平也；矢：箭。

❹君子：指統治者，即貴族；小人：平民；履：行走；視：看，望。蓋周代寬直之國道，僅限官用，平民不得通行。

❺睠：音ㄐㄩㄢˋ，回顧貌；言：語助詞；潸：涕下貌；焉：語助詞；睠言，猶睠然；潸焉，猶潸然。

小東大東❻，杼柚其空❼。糾糾葛屨❽，可以履霜❾。
佻佻公子，行彼周行❿。既往既來，使我心疚⓫。
有冽氿泉，無浸穫薪⓬。契契寤歎，哀我憚人⓭。
薪是穫薪⓮，尚可載也；哀我憚人，亦可息也⓯？

❻小東大東：東方小大之諸侯國。自周視之，則諸侯之國皆在東方。或解為近東遠東，蓋以西周鎬京為中心，東方諸侯國較近者為小東，較遠者為大東。另一舊說，言不論政事之大小，均偏勞東方，小亦於東，大亦於東，謂東方賦役之多也。

❼杼：音ㄓㄨˋ，織布機之梭，纏緯線用；柚：音ㄓㄨˊ，同「軸」字，織布機之筘，經線定位用。杼柚於此代指織布機。空：言織布機上空蕩蕩。

❽糾糾：纏結狀；葛屨：用葛編織成的草鞋，夏季所穿，冬則一般穿皮屨。屨：音ㄐㄩˋ。

❾蓋反諷只能勉強穿著夏天的草鞋過秋冬。或以為反問句，詰問如此可以抵得過霜雪之寒冷嗎？或何以抵得過霜雪之寒冷呢？似乎以反諷語句解之為上。

❿佻：音ㄊㄧㄠˊ，佻佻，即華美輕浮不耐勞苦之貌；公子：指西周之貴族子弟。周行：周道。

⓫既往既來：來來往往；疚：病，憂慮。

⓬冽：音ㄌㄧㄝˋ，寒冷；氿：音ㄍㄨㄟˇ，側旁流出的泉水曰氿泉。穫：刈也；穫薪，即已砍劈好的乾柴。或以穫為木名。

⓭契契：憂苦貌；寤：語助詞；寤歎，即嘆息，或解為睡不著而嘆息也。哀：憐憫；憚人：疲勞之人，憚通「癉」。

⓮第一個薪字作動詞，劈柴之意。

⓯息：休息。

東人之子，職勞不來⑯；西人之子，粲粲衣服⑰。

舟人之子，熊羆是裘⑱；私人之子，百僚是試⑲。

或以其酒，不以其漿⑳。鞙鞙佩璲，不以其長㉑。

⑯東人：東方諸侯國的人民；子：子弟。職：專主，職事；來：通「勑」，慰勞也。

⑰西人：西方的人，即周人，京師人。粲粲：鮮豔華盛貌。

⑱舟人：或解作（西人中的）船上人家，或解作「周人」。熊羆是裘：即裘熊羆之倒裝，謂穿著輕軟的熊皮袍子，富奢也。或以裘通「求」，作捕獵解。

⑲私人之子：私家奴僕的子弟。百僚是試：言任用於百官，或解為任用於樣樣執勞役的工作。試：任用。此兩句大抵有二說，一說以為乃言西人中連家奴的子弟，也可以當官作吏；另一說以為乃言東人這些當私家奴僕的子弟，從事種種勞役的工作，地位遠不及周人。作前說時，乃與前兩句「舟人（作船家解）之子，熊羆是裘」專門描寫西人中某些地位低下的階層，顯出其好生活和好待遇，非東人所能想望，以強烈對比東人和西人雙方政經地位的懸殊。

⑳此二句，言有人（指西人）醉於酒，有人（指東人）不得漿。以，用也；漿，薄酒水漿。另解以為乃言西人之驕慢挑剔，進獻美酒與他喝，還嫌你有酒無水漿。

㉑鞙：音ㄒㄩㄢˋ，或ㄐㄩㄢˇ；鞙鞙：玉光潔圓潤貌；佩：玉佩；璲：瑞玉，或以為當作襚綬之襚，綬以長為貴，故嫌其不長。又或以「長」指「才德」，言有人身居高位而佩帶美玉，並不是因為其才德出眾，乃諷刺居高位者尸位素餐。

維天有漢，監亦有光㉒。跂彼織女，終日七襄㉓。

雖則七襄，不成報章㉔。睆彼牽牛，不以服箱㉕。

東有啓明，西有長庚㉖。有捄天畢，載施之行㉗。

維南有箕，不可以簸揚㉘；維北有斗，不可以挹酒漿㉙。

㉒漢：天河，銀河。監：古「鑑」字，鏡也，上古以水為鏡；或以為作「看視」解。亦：語助詞。監亦有光：言天河雖有光亮可以為鏡，卻無法真如水鏡般照人。

㉓跂：古通「企」，踮起，言踮起而遠望也。或以為通「歧」，分歧之意，言織女三星，下二星似兩足分歧。終日：從早晨到晚上，即自卯至酉，歷七時辰也。襄：駕也，搬移也。終日七襄，是說織女一天內移動了七次。

㉔報：反，反復也，指緯線的一來一往。章：布帛之花紋。不成報章，言織女星只是一直往西移動，不向東來，無法緯線一往一來地編織以成花紋布帛，實徒有其名、其象耳；或者說織女星空有織布之名、之象，實無法織成布帛也。

㉕睆：音ㄨㄢˇ，視也，又明亮貌；牽牛：星名。服：負也、駕也；箱：車箱。服箱即謂駕車。

㉖啓明、長庚：均是星名，實皆指金星。其晨出東方，稱啓明；暮見西方，稱長庚。

㉗天畢：星宿名，共八星，其形狀如畢。畢：古代田獵之網，畢上作叉形，繫網，下為一柄，手執以捕捉兔子等小動物。載：則也，乃也；施：張設；行：行列。載施之行，意謂徒然排列於天空，不能為執兔等之用，徒有其名也。或以為「行」即道路，若如是解，則該句為問句。

㉘箕：星宿名，由四星連成梯形，上廣下狹，狀如簸（ㄅㄛˋ）箕，位於天南。簸（ㄅㄛˇ）揚，以簸箕揚米去糠。

㉙斗：星宿名，狀如斗，有南北之別，南斗六星，北斗七星。斗為可持柄舀酒水而飲之容器。挹：舀取。

維南有箕，載翕其舌㉚；維北有斗，西柄之揭㉛。

作者與賞析

《詩經》為中國最早的詩歌總集，乃經孔子之刪選古代詩歌成三百餘篇左右而成。從主題類型看《詩》三百篇，涵蓋愛情、家庭、社會、政治、歷史、祭祀、德性等等，從日常、戰亂到高遠難測的種種層面，多元豐富，啟發深遠。而統貫其間的可說是一種真摯無欺、無所邪曲的情感意志，一種無論訴諸喜怒哀樂愛惡欲哪一種情感，都或隱或顯地指向美善，希望去惡存善、人皆得所，一體和諧、共向高明的真誠之心，或惻隱、或羞惡、或恭敬、或是非的道德心志，以是終不失溫柔敦厚而歸於中正，此蓋孔子所謂：「詩，可以興，可以觀，可以群，可以怨。」（《論語・陽貨篇》）、「詩三百，一言以蔽之，曰：『思無邪』。」（《論語・為政篇》）之意也。

以政治諷刺詩或怨刺詩而言，《詩經・小雅・谷風之什》中的〈大東〉篇即是此類詩的上乘代表作，亦影響後世深遠，如屈原〈天問〉和李白歌行、杜甫長篇等。西周晚期，政治腐敗，君主昏庸，小人當道，爭權奪利，內訌不斷，民生疾苦，風雨飄搖。有志識之士，憂心痛

㉚翕：音ㄒㄧˋ，引也、伸也，一說為收縮。

㉛揭：高舉。末四句，言不僅眾星有名無實，且箕星張口作勢（不論是伸舌或縮舌）要吞噬，斗柄西向似向東挹取，恐天亦助於周而禍東國也。比喻西人向東人搜括榨取。

惡，發為傷怨之詩歌，並藉以諷諫或譏刺，期待政局澄清、百姓安樂、邦國咸寧，〈大東〉篇等許多的怨刺詩便一一產生了。（參黃振剛、趙長征、廉萍、檀作文：《詩經詩傳・詩經概說》）毛詩序：「〈大東〉，刺亂也。東國困於役而傷於財，譚大夫作是詩以告病焉。」鄭箋與朱子集傳仍之，後世學者對此詩乃傷東國賦役繁重、民困而怨大致無異辭，且或更突出周人驕奢而東人苦役之不公不平的階級對比，亦多認為此詩作於厲王至幽王之間，然於該詩是否為譚大夫所作，則或進一步論證支持，或態度保留。

首章「撫今思昔，回想西周盛世景況，不禁潸然淚下……『周道如砥』四句，明言周之國道既平且直，君子履行之，小人瞻視之；暗指周室為政之道平正，君子遵行之，小人仰望之。一語雙關，耐人尋味。」（滕志賢《新譯詩經讀本》）突出了借古諷今之暗喻的筆法。尤其，想想周之平直大道，東人勞苦地建造、維護了，如今竟成壓榨東國輸往西周的媒介，望之豈不愴然心傷？二至五章前半，即此詩主旨所寄，透過周人對東面諸國人的窮索無度，以及兩者生活逸樂勞苦的極大反差對比，傾訴東人傷財困役的怨慨，諷刺周德之衰微無道、不仁不義。五章後半至最後一章，則由地上人間之困苦無助，突發奇想，馳騁無邊的想像力，仰天長望河漢，希冀得天道之慰藉，豈料空海茫茫，星宿之相竟若與無道之周沆瀣一氣：徒有織女、牽牛之名，卻不能真的服其務。虛有看似畋獵之網的天畢星座，只是張列天空，裝模做樣，而看看早晨「東邊」天際明亮的啟明與昏夕「西邊」天際明亮的長庚，其伴來白日與黑夜，又奈困苦的生活何？不獨此也，且看箕斗，「非徒尸位素餐，更若將噬人，若將助西人之挹取於小東大東。」（見糜文開、裴普賢《詩經欣賞與研究（二）》，〈大東〉詩賞析），更令人駭怪膽寒。此後三章之想像馳騁，使得此詩躍入瑰麗高奇之格，就如糜文開、裴普賢所歸結的：「三百篇以平實見稱，而大東獨以豐富的想像，創瑰奇之格局，實為後世浪漫派詩歌的先聲。」（見同上）此詩，清方玉潤《詩經原始》之評特引人入勝，謹錄片段供賞：「以下大放厥詞，借仰觀以洩胸懷積憤，與上杼柚酒漿數字若相應若不相應，奇得縱恣，光怪陸離得未曾有，後世歌行各體從此化出，在三百篇中實創格也。」、「詩本詠政賦繁重，人民勞苦。入後忽歷數天星，豪縱無羈，幾不可解，不知此正詩人之情所謂光燄萬丈長也。試思此詩若無後半文字，則東國困敝，縱極寫得十分沉痛，亦不過平常歌詠而已，安能如許驚心動魄文字！」（蘇子敬）

問題與討論

1. 西周晚期產生不少的政治諷刺詩，或譏刺或諷諫，何以故？而此是否與儒家常強調的詩教之「溫柔敦厚」相背呢？
2. 《詩經》何以得列為中國六經之一，成為傳誦千古的詩篇呢？
3. 孔子曾告誡其子伯魚曰：「不學詩，無以言。」、「不學禮，無以立。」何以孔子認為學《詩》這麼重要，甚至與學《禮》相提並論呢？
4. 在今日，詩歌對於人文涵養還有重要性嗎？有人認為一天至少要讀一首詩、看一張畫，你做得到嗎？

延伸閱讀

1. 《詩經．魏風》，〈伐檀〉、〈碩鼠〉，收錄於《十三經注疏》，臺北：藝文印書館，一九八五年。
2. 《詩經．鄘風．相鼠》，收錄於《十三經注疏》，臺北：藝文印書館，一九八五年。
3. 《詩經．大雅》，〈板〉、〈蕩〉、〈抑〉，收錄於《十三經注疏》，臺北：藝文印書館，一九八五年。
4. 〔戰國〕屈原：〈天問〉，收錄於傅錫壬《新譯楚辭讀本》，臺北：三民書局，一九九一年。
5. 〔唐〕杜甫：〈自京赴奉先縣詠懷五百字〉，收錄於《杜詩鏡銓》，臺北：臺灣中華書局，一九六九年。
6. 〔清〕蒲松齡：《聊齋誌異．促織》，臺北：里仁書局，一九八〇年。

老兵紀念

陳列

選文

一

那時候，他們並不老，大略是三十、四十歲年紀。他們的一個小部隊來我們的學校邊，修築因颱風而崩塌了的一長段坡崁。那是我第一次看到那麼多兵在工作。而眞正吸引我注意的，便是其中佔多數的一望便知來自遙遠大陸的他們這些「外省兵」。我常從二樓教室的走廊眺望他們在泥濘裡挖剷搬塡走動的樣子；秋日耀眼，草綠色的身影映著黃土坡起伏，許多小小的臉孔褐亮地泛著光。我們上課時，他們的吆喝和笑聲，時而越過圍牆、鳳凰樹和籃球場，悠悠然襯入老師單調的話語裡，不很清楚，卻又是眞實的。我有時不意地聽著，沒回過頭去，但經常好像就那樣地聞到了酸酸鹹鹹、淋漓的汗水味。

放學後，我刻意從側門出來，他們有時也收工了，正列隊走入右側相思林中的山路，邊走邊合唱歌曲，或齊聲喊：「一、二、三、四」。有幾次，我遠遠尾隨，聽他們高吭的唱喊聲激盪著林間漸沉的暮色，如拍岸的潮湧，一波疊一波的，而他們整齊晃動的背影正隨著地勢在我眼前緩緩上升。一些鳥叫驚掠飛逝。除了主要的好奇之外，我幾乎有了一種近似嚮往的心情。

當時我十六歲，騷動不安的年齡，家裡的人剛循舊俗祭祖拜天地，爲我行成年禮不久。然而男子成年後又將如何呢？我是不免在想起時總有困惑的。或許就是因爲這樣子的吧，那些兵，那些「外省兵」，就在這個時候，在書本所教示的夙昔的聖賢典範之外，在習見平凡的衣食名利的追求之外，給了我某些模糊的異樣感覺和某種生活意義的幻想了。我想大致上，當時我是把他們和勇氣、榮譽、正義、犧牲之類的抽象概念聯想在一起的。在年少的我想來，他們正就是穿越過書本上語焉不詳的中國近代史那一大段戰火狂煙，在與壞人周旋中浪跡過五湖四海，並因而必然有著許多冒險傳奇故事的好漢英雄。

甚至於他們在工地附近的冰果室挑逗女孩子的姿態言語，在青澀的我看來，也自有一番漢子應有的瀟灑豪邁。

於是假日裡，我終於去了他們暫時駐紮的相思林深處的一座寺廟，並且成爲他們的「小老弟」了。

他們的世界給我一種遼闊繽紛且奇異新鮮的感覺。一大群男人，口音相異，有些我甚至不容易聽懂。他們卻一起並排睡在廟側廂房的大通舖，棉被稜角分明。吃飯時就在廟前紅磚廣場上圍蹲成一圈圈。陽光混著菜香灑照著一顆顆短髮的頭顱。好幾繩串內衣內褲，淺淺的草灰色，有的已洗成泛白，全部靜靜垂在紅磚外的綠色菜園子旁。口令，哨音，粗大的嗓門，有時卻又一下就安靜了。架在寢室牆角的長槍，摸起來冷冷的。我興奮地隨意走著，聽著異鄉風味的口音此起彼落地傳揚，分明地感受他們這個世界裡的活力、豐富，以及秩序中的互相照應。

當然我也問起在那個風雲洶湧的年代裡，他們的戰役；都是慘烈的，但我聽起來很刺激。對陣廝殺，包圍反包圍，混亂的追擊和轉進。翻山涉水，好幾個日夜接連不睡，忍飢受寒。冒著彈雨，踏著同伴的屍體跳過敵人的鐵絲網和坑道奔跑前進。把破肚而出的大小腸子塞回去之後繼續衝鋒，殺死了一班人。腿被打斷了，撿起來之後才發現是別人的。這一類的故事，我知道，他們是故意說來嚇我的。他們的敘述也常顯得凌亂破碎——在這場襲捲了數億生民的長期動亂中，他們各自的遭遇又怎能拼湊出可以讓人得知一個前因後果的血淚圖？但我痴痴地聽著，彷彿那段苦難很遠。他們敘說的口氣，雖然有時夾雜著臭罵和爭議，聽起來也好像對自己的傷痛是不在意的。然而，我卻又清楚看到他們展示在我眼前身上的各種疤痕。他們當中有幾個，甚至在腕臂或手背黥墨了三、兩句斬釘截鐵的口號，作爲終生堅決無悔、絕不善罷干休的誓言。因此，我還是認爲，他們是什麼都不牽掛的；活著，僅只爲了某些效忠的對象，爲一個心目中最高的義理。

然而，他們仍時而談起故鄉的事，一些值得記憶的美好的事，景色，物產，氣候，有時彼此還會因各自的炫耀和比較而引起面紅耳赤的爭執和戲謔。我則依然興味十足地聽著，一邊努力地搜索腦海中地理書上的知識來對照。文字裡的山河，那些平野大江草原和雪國，經由他們的敘述，似乎鮮活起來了，更令人神往。而每一次談及這些事，他們總不忘對我說：「將來帶你去我家鄉。」神情語氣都充滿了絕對的信心和希望。

入冬之後不久，他們結束了道路修築的工作。他們告訴我，他們的連隊歸建後就要移駐北部。他們給了我信箱號碼，號碼和珍重友誼等等的詞句一起寫在送我的十幾張相片的背後。他們有的還說：「很帥噢，記得要幫忙介紹個老婆。」我嘻嘻應答，也不知他們說的是眞是假。

他們走了之後，我有時會不自覺在上課時轉頭望一望圍牆外的那一大段黃土坡路，似乎感到一些失落，但開始忙著準備期末考以後，思念的情緒就漸淡了。寒假裡，我回到鄉下幫著收成耕作。寒風陌野，揮汗吃力，總還是我熟悉的堅實日子。

有一天，放在書桌抽屜裡的那些照片，卻被父親拿著。他問我那些人是誰，口氣平淡，臉色卻帶著冷厲，好像那些照片有什麼不祥似的。我簡單地解釋，母親則趕快插嘴說：「留那些做什麼？」父親一直沒再說第二句話。我也是。我肯定地覺得事情好像有什麼不對勁；父親的態度似乎是含著敵意的。我很困惑。當時，我根本不曉得就在我出生的那一年代發生過一場全面性的捕殺、失蹤、酷打。

那些照片，我不知道父親後來怎麼處置了。我繼續求學唸書，在偶爾路過某個營區，才記起我和他們的一度相識，以及他們曾對我承諾的：「將來帶你去我家鄉。」

2

等到自己服了役，身在軍中，我才逐漸體會到，啊，諾言，還有它背後的虔誠期盼和信念，有時候，原是可以變成一個人生命中最大嘲諷的。

將入伍前，我就開始聽到不少針對著他們而發的告誡了：「老芋仔」是難「料理」的，常會刻意出一些狀況，使得像我這種大學一畢業竟然就可以爬到他們頭上指使他們的預備軍官出醜難堪，以及務須對他們虛意巴結等等。我大概能理解這一類的提醒。但不管如何，我心仍有著那一段和他們結識的愉快記憶。況且，我毫無要去料理和指使他們的意思，而毋寧是懷著一種親近的心情，急切地想與他們分享某些堂皇的理想和希望的啊。

事實是，一切都還順遂。只除了一點是令我惶惑的：我看了在歲月的點滴移逝中，人的拖磨，意志的消沉，信念的荒謬。

我們的部隊駐澎湖。秋來之後，我們幾乎天天都要頂著強勁的風砂走遠路，入野地，上伍教練，然後是班的、排的各種教練。爬行、衝鋒、臥倒、搜索、防禦，一遍又一遍。大家雖都戴著防風眼鏡，但不出半個小時，經常就已滿臉滿手帶著海味的黃沙子。他們有時會嘀咕臭罵，有時甚至於獨自廢然停坐下來休息喘氣，瞥見我這個當排長的走近時又才繼續操演。我看到我屬下的三個班長和一個伍長，個個在冷風中都有一張枯褐皺縮的老臉皮。

他們的身體眞的老衰了，已無我印象裡的矯健。這種日復一日的訓練對他們是難堪的。後來出野外時，如果上級不在，我因此乾脆就讓他們在旁觀看，職務由年輕的充員伍長代理。他們於是就會去附近田間擋風的咕咾石矮牆後或防風林內的散兵坑坐下來休息。一整個上午或下午，他們可以就這樣懶於移動地坐著，沒有表情，也不說話，只有不時地抽一支菸。爲了減少風砂吹入而在槍管塞了棉花的長槍，擱在身旁。風和海的聲音一直在野地和木麻黃林內外吼叫，潑辣囂張。

晚上的課程也常是緊密的。擦槍免不了，政治課按期上，而碰到全面的紀律檢閱時，更是好幾項工作接連著趁夜趕。他們上課時打瞌睡的不少，但我往往裝作不見，不忍喚睡。因爲，畢竟啊，其中或慷慨或嚴正的訓示和道理，他們必已聽多，已不必再一次複習了。

風仍在室外呼嘯。

入春以後，風才轉小了，四周常見的海洋開始展現她的萬種風情。假日裡，我常去海邊散步，看自然的聲色。但他們仍照樣常留在營區裡，喝喝酒，玩玩打百分或撿紅點的紙上遊戲，或是什麼也不做地在床上躺著，不然就換上便衣去樂園買一張票，並且按時服用醫官分發的一種據說用以制慾的藥。日子就這樣一天一天過去了。

我終於逐漸覺得，他們現在經常顯露在外的冷漠態度，其實大概並不是以什麼人爲對象的；主要是對自己。當一個人察覺到生活某個唯一的努力目標正一天一天地渺茫，卻仍不得不讓生命繼續如此荒失時，他能再有什麼大生趣，並且對人和事認眞呢？他們已經不是我年少時候心目中的他們了。二十多年來，日日不變地緊張準備著，卻仍然盼不到一個轉趨明朗的前程，所曾有過的即使再如何高貴的理想，應也已在情感和認識上都漸失意義了。困惑無奈之後的懷疑和怨懣在暗地裡滋長。

這時我也才曉得他們在部隊裡的人數爲什麼幾年間就變得這麼少了。我聽他們提及當時退伍制度一實施，有一部分人因欲趁體力尚可出外另闢天地而百般設法離開的事；裝病裝瘋，故意犯上判刑，找門路住院開刀自殘。最常見的方式，竟然是逃亡。

他們還談起了我前所未聞的其他事，關於一些人當兵因由，關於流離和撤退的經過。那段歷史原來並不全是光明光榮的。除了那些按規定被徵調，以及爲了維護心目中的民族存續、正義或眞理而自願投身軍旅的人以外，竟然也有許多人是在街上、在床上或者在田裡工作時被強抓去補缺額的，有的更涉及人身的買賣。這樣的人甚或只有十三、四歲。

有關撤離的敘述，則更悽慘：各種交通孔道上，男女老幼的人潮；謠言和恐慌；軍民混雜湧動著，推擠踐踏著；哀號哭叫，槍聲和相互的叱罵。當火車、船或飛機匆匆硬行啓程，不少攀掛其外的人紛紛摔落。

他們敘說著這些故事，當我們好幾次坐在夏夜的海邊或操場喝酒的時候。他們或激昂或哀嘆的聲音，都化入了那反覆不息的濤聲裡。我安靜地聽著，心緒一直起伏。戰事，已絲毫不再令我感到刺激或傳奇了，而常只覺得恐怖——對歷史裡的種種欺罔，對堂堂詞令的玩弄，對個人在一個危難昏亂年代裡的不由自主。

我那一年的軍中生涯並不快樂。

我坐船離開澎湖時，心中仍一直記掛著他們的種種。我當然曉得，他們其實始終都是忠貞的，仍自認爲是某某誰的子弟兵。他們並沒有辜負誰。但是同時，我卻也一再想起一個印象深刻的畫面——我們上劈刺課時的畫面。整連士兵又殺又嗨地叫喊，面對著營房側面牆上的一幅極爲巨大的中國地圖，圖中各省分別漆著醒目的五顏六色，地圖下則是一字排開、或站或倚、疲乏的他們——每次操練一陣之後，連長總會叫他們全部下來休息。這時我在海上，正如上劈刺課時一樣，總覺得那幅大地圖好像一頭膚色斑雜的巨獸，時時對著操練之後的他們虎視眈眈，或像是一場色彩繽紛的夢，將縈繞他們終生。

3

在那樣的夢裡，他們逐漸凋零老去。

經過了四十多年，他們應該早已無人還留在軍營內了吧。有的甚至已過世。這也是生命的必然哪。最後的那一口氣裡雖或不免含些怨憾意，能將漫長的憂患焦盼了斷，獨立把屬於自己的那一部分戰爭結束，應也算是找到個人的和平了。青春熱血終須盡，活著又能如何？

在繁華的城市，我看過他們在工地挑砂石，在凌晨時分出門掃街道，在路上寒著臉開計程車。他們也曾去熱鬧的夜市兜售過玉蘭花、包子或青天白日滿地紅旗，叫聲淹沒在歡樂男女的笑顏和燦爛的聲光後。他們有的乾脆上山當和尚，就此將槍桿拋出空門。在花蓮海邊，他們撿拾黑白兩種滑亮的石頭，將一袋一袋的國土賤賣給他們早年浴血對抗過的日本人。

橫貫公路也是他們當年退伍時拓築的。路完成了，他們便在沿線遠近不一的山間據地墾殖，與原住民或老或少的女性來往甚或締成婚姻關係，且定居下來，給山地社會造成影響深遠的衝擊。時運好的，蘋果水梨之類的收穫使他們致了富；不濟的，蔬果歉收，年輕妻子也跑了，留下幾個管教不來的孩子和數間空屋，一週半月下山採購一次食物，拮据孤單地渡日。

走出營房門，生活方式終於能自由決定之後的日子，對他們當中的某些人而言，並不是好過的。因此他們等待著被批准再進入另一個大門，進入榮譽國民大家庭和名爲忠義山莊之類地方的大門，加入數十年前就在戰火中受傷致殘而仍活到現在的人。

他們於是重新過起了全是男人的另一種集體生活：睡大通舖，整理內務，打掃拔草，按月領取零用錢；長官參觀時，立正稍息，向右看齊；選舉時，聽命投票，不管他們是阿貓阿狗，重表一次榮譽與忠義的心跡。晨昏時候，如果身心狀況還適合，他們就去圍牆外散步，蹣跚地咳嗽走著，遲緩轉頭，當心來車，過街到數間幾乎專門做他們生意的小店內外聊天指點，張望匆匆來去的車輛人們，或者走遠一些去小山邊的忠烈祠，在樹蔭下看人運動打羽毛球。偶爾，算足一點點的錢再買一次濃妝的女人，肯定一下自己的餘勇。

這些住榮家之類的地方的人，當然是渡海過來之後不曾結婚的。或者也有可能是婚後女方又離了的。其餘的他們，據說也是大半未婚。多年前，他們有些人曾流行提著收音機，梳起油亮的頭，在大城小鎮的街巷悠然閒逛看人。現在，他們當中有的人則喜歡背起有著伸縮鏡頭卻不昂貴的照相機，偶爾約幾個同好到某個風景區拍攝合資請來的古典美人。或者，繼續去臺北的西門町送紅包捧歌星。

對他們這些人而言，正常的人生和家庭生活就這樣犧牲了。這是誰的錯？

是否用時代悲劇這樣的言詞就可以概括了事呢？

早年，他們難得結婚的確是有其苦衷的：待遇低微和年齡上的限制。但未婚的最主要因素卻是，他們對於一些諸如反攻、解救等等口號的絕對信仰和希望，使得他們幾乎全部存著過客的心理，對這塊土地和它的人民沒存什麼情義。他們活在營區的門內，同時也活在過去和異地裡。就真正長期廝守著這塊土地的人——包括我的父親在內——看來，他們是隨時準備棄此地而去的，甚或仍有可能在某個必要的時候，表現出當年發生那個大規模清除事件時的那種殘暴蠻橫，因此，是不可信任的。語言的不通，更加深了這樣的隔閡和排斥。

至於他們當中那些結了婚的，也並不見得就有了個人的幸福。某些人的婚姻經驗是頗爲辛酸可憐的。純粹的被騙財以外，買賣是普遍的方式，而終於娶回的妻子，有的竟然是白痴或是癲癇患者。他們卻仍只能湊合著過日。

是的，就這樣湊合著過日子，在四處許許多多寂寞自苦的陰暗角落。就這樣，四十幾年也過了。

4

四十幾年過去。現在他們總算可以回去，可以探望曾經熟悉的親人和土地了。只不過是，經由的方式截然不是他們長久以來所苦苦相信和準備的那一種，並因此令人難免有些遺憾罷了。

還有，當他們重踏上故土，腕背上的那些黥墨，那些絕決表明了誓不干休與兩立的短句子，是否也會令自己或別人覺得難堪或諷刺呢？

所謂時代不同，這些可能的憾意和顧慮其實都是大可不必的哪。歷史裡的譏諷事例太多了。既然戒嚴一解好像就可以泯消某部分的恩仇，那麼在大混亂的時代裡，對於所謂熱情、信仰、正義、忠奸等等，也就不必太過認眞了。至少，和那些已經老死在這個異鄉的同志們比較起來，他們還是幸運的。他們應該想像，滿足於做歷史裡的泡沫或塵埃而不去加以思索的人，才可能終有快樂的機會。

至於另一類的老兵，那些在當年大勢已去時竟然又被欺騙裹脅著從此地渡海投入那塊危域的老兵，現在大概也相似地凋零老去了。什麼時候，他們才又能回到這塊他們出去的土地來？

當歷史的一些眞相被逼著慢慢揭露時，滿目竟然是這樣血淚滄桑。啊，苦難的大地生靈。

作者與賞析

陳列（西元1946～）本名陳瑞麟，嘉義縣人。淡江大學英語系畢業，曾任國中教師，現專事寫作。一九七二年，陳列因政治案件被捕入獄，最後以「在學校宣傳反攻無望論」被判刑七年，服刑四年八個月後假釋出獄。出獄後，開始發表散文，一九八〇、一九八一年，曾以〈無怨〉、〈地上歲月〉連續獲得第三、四屆時報文學獎散文首獎，一九九一年，以〈永遠的山〉獲得時報文學獎散文推薦獎。他的創作態度謹慎，產量不多，創作十年只有十二篇文章，結集成《地上歲月》，後來應玉山國家公園管理處之邀，創作《永遠的山》。這兩本散文集篇篇佳構，深受肯定。

陳列在《地上歲月・序》說：

> 我盡量避免寫遠離社會現實的囈語謊言，但同時又深信文學應有它之所以是文學的藝術美質，是不該受到犧牲或迫害的。我在這塊土地上生活、走動、經歷見聞的某些人和事物曾令我感動、不安或忿懣。我的散文，大抵是這一類情思的紀錄。

陳列對散文的看法是，散文的創作基於生活與土地，唯有根植土地，從生活中如實經歷的種種，提煉萃取情思，然後發而為文。他隱身花蓮，過著耕讀的生活，就是這種文學觀的落實。不過，陳列並非自了漢，在淡薄樸實的生活中，仍保有極大的現實熱情，他熱心參政就是淑世理想的實踐；《永遠的山》就是文學與關心環境、愛護鄉土理念的結合。因此，散文的創作在內容上，陳列不寫個人的痴言夢語，也不造作謊言，而是真實自我的呈露與現實經歷的提煉交融而成的生命紀錄。在形式上，又必須以合宜的篇幅、適切的修辭、有機的結構……表達出來。所以，陳列的作品都承載深刻的生命省思與溫厚的人道關懷，然而，讀起來卻不覺得沉重憂傷，而是感受到形式的優美，蘊含豐富的啟示。

陳列散文的關懷角度非常寬廣，《地上歲月》中，〈無怨〉寫自己獄中的感受；〈山中書〉、〈在山谷之間〉、〈我的太魯閣〉描寫山水；〈同胞〉、〈遙遠的杵聲〉寫原住民；〈地上歲月〉寫父親，也描述一位農民對土地的感情；〈漁人・碼頭〉、〈人在社子〉、〈親愛的河〉寫淡水河；〈老兵紀念〉寫老榮民的生命滄桑。《永遠的山》則承繼《地上歲月》的山水情懷，作者親近玉山、描寫玉山，是具有生態意識的長篇散文。不論是對世人的愛，或者對自然的感動，陳列都是前後一致的，我們能從他的作品中聆聽到相當誠懇的聲音，感人謙卑而執著。他的散文內容深廣，不耽於個人情緒的自憐；以寬薄的胸襟，去關懷他人，去親近大自然，使他的散文頗有氣勢，更耐人尋思。在形式上，從選材、組織、剪裁到收束，都控制得恰到好處，文字明白曉暢，闡發深刻，不論敘事、寫景或抒情，都能構築出令人感動的情境。

〈老兵紀念〉是陳列《地上歲月》的壓卷之作，老兵，指民國三十八年（西元1949）左右，隨國民政府撤退來臺的「外省兵」，作者敘寫與這些老兵的相處的經驗與感受，文字凝練，在平淡中寄寓深刻的情感。

全文分四段，第一段寫作者十六歲與老兵的第一次接觸，當時老兵並不老，作者對他們充滿了崇拜與想像，實際接觸之後，在新奇之餘，也建立了友誼；第二段則是作者服役期間對老兵的近身觀察，老兵真的老了，不但是生理上的衰老，也伴隨著意志的消沉，最後表現出一種對他人、世局，以及自己的冷漠。作者也因著這層認識，深刻感受到時代對人的擺佈、欺罔與嘲弄；第三段寫老兵亟欲擺脫軍旅，相繼退伍之後，在社會中的浮沉：有人致富，一帆風順；有人娶妻生子，湊合著過日子；有人窮苦潦倒，拮据孤單。其中，多數人進入榮家，重新過著集體的生活，在選舉時，聽命投票；第四段寫老兵返鄉探親，久別重聚的溫馨固然讓人欣慰，然而，隨著時代改變，老兵手臂上絕決的口號卻變得尷尬。在臺灣被視為異鄉人的口音，回鄉之後，很容易就被認出帶有臺灣腔，昔日的熱情、信仰，都成了歷史遺跡，隨風飄散。

陳列的文字平實而精準，節奏平緩。他以悲憫的胸懷，透過親身的經驗，以了解的眼光，寫老兵的悲歡、荒謬與苦難，也寫歷史對人的嘲弄，細細閱讀，餘味無窮。（蔡忠道）

問題與討論

1. 本文的主旨是什麼？作者筆下的老兵呈現何種形象？請說明之。
2. 請選擇身邊的一個人物，並試著以一百字左右篇幅加以形容。

延伸閱讀

1. 陳列：〈作家臉譜——陳列〉，《聯合文學》，一五二期，一九九七年，頁16。
2. 巴代：《走過：一個台籍原住民老兵的故事》，臺北：印刻出版社，二〇一〇年。
3. 龍應台：《大江大海》，臺北：天下文化，二〇〇九年。

貼身暗影

簡媜

選文

1

春雨結束前，最後一道冷鋒來襲的假日下午，一隻濕漉漉的白文鳥在發冷的城市迷飛，漩渦似地高高低低，忽然一頭撞上褐色玻璃牆。雨，下得像流浪狗。

那時，她坐在咖啡館最角落靠窗的位置，正在看書。桌上的咖啡剛續了杯，午茶蛋糕動都沒動，倒是煙灰缸裏已躺了三根煙屁。她招手想請女侍更換乾淨的煙灰缸，雖然抽煙，但她比誰都厭惡煙蒂與煙灰的存在。

正因爲焦慮地梭巡女侍的蹤影，使她毫不設防地目睹白文鳥撞牆的事故，

「碰」一聲，那隻看來孱弱的瘦鳥急速往下墜落，自她的視線内消失。也許，撞牆時根本沒發出任何聲響，因爲靠那面玻璃牆的客人絲毫未被驚動，仍舊嘀嘀嘟嘟延續有意義或無意義的話題與表情。女侍過來，問了兩遍：什麼事？她指著煙灰缸：麻煩妳換一下！她懷疑自己眞的看見一隻文鳥撞牆的事故，也許是幻影，城市在雨水裏泡軟了，肌理纖維都亂了，讓人在刹那間搞不清楚前世今生。

她正在看書，咖啡館内只有四、五個客人，假日加上壞天氣，讓人提不起勁出門。她一向喜歡清靜，這家埋在巷内的店才開張幾個月，知道的人不多，頗符合她的癖好，平日下了班也就常來，雖然不在辦公室到家的路徑上，她寧願繞半個圈到這裏歇十幾二十分鐘，一杯咖啡，幾根煙，幾頁書也甘願。好像受刑橫跨赤礫大漠的瘸馬，每隔一程，得幻想出小綠洲，把頭倚在低矮的樹叢上朝落日方向歎息，才能無冤無仇地走下去。

〈夏日〉，George Winston的〈夏日〉，素樸的旋律裏暗藏幾個下了蠱的音符，女侍放下煙灰缸轉身離去時，鋼琴聲正好流瀉而出。她闔上書，凝睇雨景。靠窗處，一塊被幾棟高樓擠壓而顯得分外狹仄的庭園，想必是咖啡館主人開闢的。微微傾斜的草地上豎一方巨石，像是來自東部湍溪的奇岩；接著，她認出一棵年輕的波羅蜜樹正在淺土裏掙扎。這種喜歡在樹幹上開花結果的熱帶雨林悍將，一旦吮吸豐沛的雨水、摟抱溫暖季節，會非常性感地托出碩大的波羅蜜果，恍如原始部落善舞的女巫，裸露上身仰首張臂，兩腳隨鼓聲頓踏，面對烈火晃動巨乳，跳著只有上蒼與她才懂的靈魂之舞。眼前這棵波羅蜜卻需要支幹撐住，不知從那裏移植來的，倒卵形的樹葉垂掛著，好像因爲無力打撈地上那隻傷殘文鳥，以至於顯得厭世。她的視線隨著音樂起伏而滑行，水泥叢林街衢是看膩了的，打傘經過的陌生人也毫無稀奇之處，因此，她那游移的目光便像暗夜囚室裏，一名重刑犯專注地諦視面前那堵污穢鐵壁，漸漸熔化、穿透、割開，終於看出直抵地平線、在夏季熱騰騰的風中歡嘯的雨林，連帶地，也看出自己的身影在遮天蔽日的叢林中跳躍、攀盪，擁有無上的自由與深不可測的孤獨，跟這個世界毫無關係似地繼續她的秘旅。

女侍過來添水，順便收走空咖啡杯。她看看錶，差五分三點，離四點鐘的約會還有六十五分。事實上，這件事對她而言不痛不癢，四點鐘有沒有約會並非決定她今天會到這兒來的原因；同樣，也不是因爲今天要來才把四點鐘的約會定在這家咖啡館，兩者只是巧合吧，就像她跟同在這兒喝咖啡的客人純屬巧遇一樣。她認爲，巧合之事意謂著無需多費唇舌去追究緣由，也不需浪擲情感；有時候，她甚至認爲自己跟另一個自己也是巧合地共宿在同一具軀體上，各負各的軛，各趕各的路。

重新回到書頁。那是一本描述穿越蠻荒、獨遊熱帶雨林的探險誌，她的視線像磁與鐵遇合般牢牢盯著那一段文字：

「這是最後一次看見陽光，獨木舟沿著狹窄的河道滑入雨林，膚觸立刻由炎熱轉爲幽冷。靜極了，只有船槳撩水的咕噥聲。然而漸行漸深，我彷彿聽到叢林深處迴盪著雄渾的吼嘯，從地腹升起，貫穿樹叢冠層終於抵達高空。那是一種召喚，一首編制龐大的安魂曲。河面如佈滿綠鏽的古銅鏡，兩岸叢樹在低空中枝椏交纏，形成長廊，糾結的枝條映照在河面上，影影幢幢，猶似百千個叢林獵士的黑靈魂，因獨木舟的侵擾而倏然騷動。我不敢置信自己就這樣揮別文明，鑽入這流竄著生猛力量的熱帶聖址。叢林寂靜，一隻油黑色栗鳶撲翅而起，發出足以撼醒千年雨林的嘯叫。我恍惚以爲，那是我的心臟搏跳的聲音，在壓抑多年之後，今天終於發出巨響。」

她反覆誦讀這一段。稍早，當她貪婪地鋪排「熱帶聖址」的意象，幻想油黑色的栗鳶將驚翅疾飛時，抬頭，正好看見一隻不知從何處鳥籠竄逃的白文鳥，直挺挺地撞上玻璃牆，在這發冷的城市。

2

她沒想到一進門就接到哥哥的電話：怎麼樣？都好嗎？有事沒有？好，再連絡。她的回答是：還好，老、老樣子，沒事，好，再、再見。

掛上電話，立刻感覺好像沒接過這通電話。好比一個正在吃蛋糕的人，伸指壓死一隻螞蟻，繼續咬蛋糕，也是立刻不覺得剛剛壓死了一隻螞蟻。有時候，她甚至忘記還有個哥哥這件事。

看護歐巴桑的臉色不太和悦，她道了歉，在四點二十分的時候。她多給兩百塊工資，形式上抵銷遲歸二十分鐘的過失。歐巴桑說：「餵過了，身軀還未洗。」隨即開門離去。歐巴桑住附近，幫兒子媳婦看孩子、料理家務，在她找不到全職看護時，便央她過來照顧，按時計酬。久了，乾脆都不計較，付歐巴桑全薪，家裏鑰匙交她，只要早午晚過來巡一遍，做好基本料理就行了。這樣做，歐巴桑顧得了兩邊，又能攢私房錢，兩相蒙益。不過，假日另計，她要是有事出門，得另外付歐巴桑鐘點費。橫的豎的算起來，每個月的看護費夠三個小家庭開銷，但人生哪裏撿得到便宜事，家裏有慢性重症患者，錢是不當錢用的。能找到像歐巴桑這樣願意分她的擔子的人已是幸運，她因此很習慣看歐巴桑的臉色，在那張時常端出被人倒會似表情的鄉下農婦臉上，讀久了，讀得出一個舊社會老女人對另一個說話有點口吃的新時代中年單身女子的憐憫與呵惜；尤其，有寒流的冬天，當她下班回來，發現爐台上燉了香菇雞湯的時候。

室內光線黯淡，晚報報頭吸了幾口雨水，頭條新聞看來像從牲口嘴裏搶出來，沾著黏稠的唾液。從十樓陽台望出去，那是永無止盡的灰霧城市，讓人覺得時間凝滯，所有輕微的、沉重的傷感都不打算結束；一切殘喘的、化癰的惡疾也不會致命，只是拖著，形成巨大的漩渦，昨天比前天好一點點，今天比昨天壞一些些罷。有人在推滿腐物的沼澤裏，灑了幾滴靈液，以至於枯朽比鮮嫩的青春擁有更頑強的存在意志。她點了煙，深深吸入胸腔，閉氣，讓煙在擴張的肺葉間流轉，感受濕冷密道被火把烘乾似的快意，而後快速竄升，挾著長長的歎息從鼻腔噴出。永遠的灰霧城市，她的眼睛湧上淚意，既不是傷懷也無關乎感動，勉強而言是一種載沉載浮的落寞。她想起艾略特，每隔一段時間會喚她重新誦讀他的作品的異國詩人，「有個地方是漠然無情的／在以前時間及以後時間／的一種幽光之中」，她的意識在詩句間反覆迴轉，不思不想，直到彷彿可以透破結冰似的灰霧之城。然後，她聞到從某户飄來的煎魚味，冷鋒過境的黃昏世間，接近晚餐時刻，她覺得自己只剩下自己。

如果懂得選用亮彩油漆，這間兩房兩廳一衛的房子可以弄得很溫馨，前任屋主這麼說，他賣屋爲了換大一點的房子，兩個小孩要上小學嘛。她喜歡想起那個做父親的男人說話時眉飛色舞的樣子，多年來，她放任自己想像他們一家還跟她生活在一起，雖然這種奢侈常常被現實當場扯得稀爛。

父親的房間以前是孩子房。牆壁漆成淺藍，天花板抹上淡淡的粉紅，整個感覺就是孩子氣。嬰兒海報及輔助幼兒學習的動物畫報仍然貼在牆上，她沒撕，犯不著撕，留著至少可以產生錯覺，生命正敲鑼打鼓地開始著。

她進房，藥味像冤魂似地不散，她習慣了，有時反而必須靠這氣味確認躺在床上的枯槁老人的確是自己的父親。

「爸，我、我回來了。」通常，她會這麼開場，接著坐在床邊藤椅上，兩手手指交握，克制想抽煙的衝動。

靜極了，人去樓空般荒蕪，因此聽得到隔壁炒菜敲鍋的聲音，悍悍地，非常有氣力。每次開場之後她會陷入短暫沉默，然後換一副春暖花開的嗓子開始獨白，天氣、報紙頭條、謀殺案、股市行情、兩岸關係、商店折扣消息、防癌食物、辦公室恩仇、二十萬隻流浪狗及垃圾不落地的新措施。她就是有辦法單口閒扯個把鐘頭，好像這世間歸她管

「是不是很棒，你說！」「天大的便宜呦！」「結果，從來沒有那麼幸運，居然……」她獨白時的慣用語，奇怪的是愈興高采烈愈不會口吃，流利得像暢銷通俗小說。

沉默，濃濁的呼吸，然而今天的沉默如鐵球丟入湖裏再也浮不起來。她的腦海迴盪著鐵鏟敲鍋的聲響而無法消音，眼睛定定地看著床上瘦骨如柴的八旬老人，恍然錯覺自己是個盜墓者，把原本躺在棺內的前朝老翁盜回現代。她深深吸口氣，似乎想辨認隔壁家鍋子裏的菜餚，晚餐時刻，飯桌上應該有一家四口：稍嫌嚴厲的父親，到處掉飯粒、兩腳在桌底下晃啊晃的小孩，抱怨安親班收費太高的媽媽……她一面憑空抽絲一面自行衍生，搓成粗繩，讓意念有所憑

藉，從泥淖中抽身攀至崖頂。是的，她羨慕想像中的每戶人家，大燈大火的。他們的時間朝前走，脫殼似地，她的時間鎖在過去與未來之間的冷窖裏，兩年、三年、四年……第六年了，還沒有找到出口。

是的，床上躺的是她的父親。儘管老人斑灑遍鬆弛多皺的臉皮，難聞的濁味自半僵的嘴巴溢出，而心智早已從白髮稀落的腦部逃逸，他還是他，一個被死神遺忘、被司命之神拋棄的世間父親。他千金萬銀的人生花光了，只剩下她，陪他在半途等待，遮眼望向黃沙滾滾的地平線，不知什麼時候會駛來一輛老爺車，接他。

「爸——」她開口，像盡責的節目主持人：「哥哥來電話，剛剛，談很久。還是忙嘛，沒辦法來看你。過兩天又要出差，這回到大陸，恐怕不待個一兩個月不會回來，他們公司打算在大陸設廠嘛，誰教你生了個超級能幹的兒子……」

她愈掰得父慈子孝、兄友弟恭，就愈可憐他。不由得嘆了口氣，苦笑著。床頭桌上，一尊青瓷小觀音立著，楊枝淨瓶，斂目垂愍，左肩塌了一塊，有一回抬父親上醫院急救時碰倒的，她後來用強力膠黏好，倒覺得這尊骨折觀音跟人間親了許多。在這件事上她沒妄語，觀音是六年前父親第一度中風時哥哥從大陸帶回的，談不上莊嚴，大約出自學徒之手。此後，他以妨礙婚姻生活，避免給小孩留下驚怖的成長經驗為由，要妹妹多擔待點。她剛開始對這尊觀音沒好印象，看久了也就不討厭，如果是學徒作品，他一定以自己母親的模樣打藍圖，這麼一想倒也暖和起來。她有時把小觀音放在父親身上，假使縹緲的心智剎那間回轉，也許他會因此想起母親的懷抱或亡妻的蜜語而獲致安慰；有時，她把小觀音放入口袋，一隻手握著它，穿越陰雨連綿的街頭去上班，好像兩個說好不拆穿彼此謊言的天涯淪落人。

「該洗澡了，爸——」平日都是歐巴桑代勞的，假日她得自己來。

她從浴室提來熱水，打開電熱器，為父親擦澡。枯槁的身軀像窩藏蛀蟲螻蟻的樹幹，汩汩冒出腥臊之氣，兩列肋骨安靜地並排著，宛如擱置在冬天枯野上的竹筏，也許路過的水鳥會下來棲息一會兒，也許開春時竹管上會掙出幾朵草菇，但不再有吃水的機會。她拿掉成人尿布，鋪上清潔墊，擰半濕的毛巾從鼠蹊部開始擦拭父親的私處。那是個廢墟，燒焦的亂草，從啄屍鷹口中掉落的腥紅瘡肉，圍著一截蜷縮的、宛如乾黑狗屎的性器。她托住他的膝蓋窩，輕輕一提即挪動他的軀體繼續擦拭臀部。擁抱年輕、壯碩的男性身體是什麼滋味？她不知道。第一次目睹男性身軀，伸手觸摸象徵猛烈的慾泉與生命火光的器官，竟是在自己父親身上。那一年父親第一度中風，她爲他淨身後獨自坐在醫院樓梯間掩面發抖，感到崩石滾落，壓塌她的玫瑰花園般驚怖。那時候她是個處女，現在也還是個處女，不同的是，那時候她可以秘密地聞到宛如從春天的山坡飄來的花香味，現在，她習慣整晚揮趕周遭的暗影，縮在自己的睡榻上，聽青春一片片剝落的聲音。

「告訴你，」她替他包好尿布，換穿乾淨衣服：「今天去相親了，同事介紹的。對方——對方看起來不錯，比我大兩歲，開家小公司——」

她陷坐藤椅，盯著那尊斜肩觀音，繼續敘述一個中年女子如何在飄雨的城市一隅跟某位男士相親的故事，她甚至描述穿著、腔調以及走路的樣子。末了，按照故事發展，應該接續兩位年屆中年的都市男女在雨中漫步，輕輕嘆口氣說：「能認識你眞好！」並且訂了下一次約……她卻停住，伸指抹去父親眼角邊的水痕，她不知道是不是適才爲他拭臉時留下的，但立即湧升的情感使她寧願假想那是父親對她的貼心反應，在這冷冷的世間。

「爸——」她忍不住從鼻腔溢出水珠：「別管我，你自個兒走吧——」

3

她全身埋入激流，赤裸裸，彎腰行走，兩手張開如長耙，捏抓軟泥，一路揮走慵懶的鱷魚，驅趕成群渡河的長鼻猴。她發怒著，尋找她的狩獵番刀與琉璃珠串，這兩樣被聖靈祝福過、帶有神力的寶物不知何故竟落入急湍。

她從水底竄升，破水而起，嘴角帶笑，兩手各執番刀與珠串；熱帶陽光伸出火舌，吮吸她身上的水珠。她如一頭銀閃閃的靈獸，躍入莽林。

埋伏在藤本植物梭織的叢林迷宮深處，她的眼睛如夜梟望穿整座莽林，她那靈敏的嗅覺與鋒利之眼，分別偵測到不遠處一條蟒蛇沿著粗壯的樹身向上攀爬，一隻犀鳥即將飛掠長滿巨型附生植物的密林，而一個披散長髮、高舉吹箭武器的壯碩獵人正瞄準鳥腹。她推測他捕獵犀鳥之後會在河邊升火，串燒獵物。而她將盪過大蟒攀爬的那棵巨樹，以矯健的身手從粗藤縫隙躍下，直接騎落在他的肩頭上。那是叢林之夜，枯枝在火焰中暴跳，火舌劇烈扭舞，照亮她與他交雜起伏的裸體。遙邊的高空，繁星熠熠。

她聽到刺耳的聲音，醒來，是個夢。那本厚厚的探險誌掉到地上。她爬起來接電話。

是同事，責問她爲何缺席？那位男士依約在四點鐘到巷子裏的那家咖啡館等，而且依照指示買了一本什麼土著、探險之類的書放在桌上，就這樣等了一個多鐘頭才走。

「妳到底在想什麼？我眞搞不懂吔！對自己的將來一點盤算也沒！」同事罵她。

她沒搭腔，拿著無線電話靜靜聽她講大道理，一面踅到父親房間，開燈，床上仍是那副擱淺在時間之流的身軀，然而仰躺的姿勢卻猛然讓她想起夢中那隻犀鳥……

「再、再說吧，也許有、有一天——」

也許有一天早上醒來，她將聽到時間之流衝破冷窖，沛然地流過來，浮起她，在陽光中悠然成河，一切開始的，都會結束；一切結束的，將領取新的開始。

而此刻，她替父親蓋好被子，撫拍他的額頭，關燈。她知道這波冷鋒還得持續幾天，如同貼在她背上的暗影將繼續壯大，直到遮蔽了天空。

撿起那本探險誌，歸回書架。躺下時，或許因爲冷被的緣故，她忽然心平氣和地想起艾略特的詩句，好像獨坐在將熄的營火邊，於繁星熠熠的天空下誦讀：

請往下再走，直下到
那永遠孤寂的世界裏去。

一九九六年五月自由時報副刊

作者與賞析

簡媜（西元1961～）本名簡敏媜，宜蘭冬山人，為當代散文名家。畢業於臺灣大學中文系，曾任編輯、創辦大雁出版社，目前專事寫作。作品獲得時報文學獎散文、梁實秋文學獎、吳魯芹散文獎、中國文藝協會文藝獎章、國家文藝獎散文獎肯定，亦自稱為「不可救藥的散文愛好者」。寫作以散文為主，出版二十餘部散文集，代表作如《水問》、《女兒紅》、《紅嬰仔》、《老師的十二樣見面禮》、《誰在銀閃閃的地方，等你》等，風格多元，辭采靈動，設喻新警，涉及主題繁富，包括少女情懷、鄉土記憶、女性群像、社會寫實、育兒教育、飲食文化、老年書寫等。在人生不同階段適切拋出議題，並具體陳述。

本文收錄在《女兒紅》一書中，作者在序言提及想寫一本「探勘女性內在世界的書，窺其情感奧祕，聽其掙扎之聲。」簡媜也進一步說明「這書雖屬散文，但多篇已是散文與小說的混血體，……故事讀來有『蟬蛻』意涵，也是從『舊我』蛻為『新我』，並非從殘缺的半人走向全人。但我也必須承認，故事中的女人各有各的艱難行旅，她們沒有外援，只能自己作自己的領航。」而〈貼身暗影〉被錄在「輯一・暗紅」中，雖說「女兒紅」原指過去民間的習俗，生女兒，即釀酒貯藏，等到出嫁時再取出宴客。簡媜對於「女兒紅」的見解，則是飲完此酒後，女子從此是無父母兄弟的孤獨者，要擁有一片天地，得靠自己爭取。在「輯一・暗紅」的意象中更有殘酷血色，包藏了豐富的爭辯，諸如死亡與再生、纏縛與解脫、幻滅與真實、囚禁與自由等意涵。序言已充分將本文寫作旨意交代明白。

〈貼身暗影〉並非個人經歷的投射，應是外援於觀察世間女子眾相之一，因此寫來格外具有小說筆觸。從迷航於濕冷城市中的白文鳥起興，鳥象徵自由，但白文鳥在城市中多半為被飼養的家禽寵物，如是身分正同於女主角的處境：看似獨身一人，沒有家累，卻被無法自理的老父羈絆住。雖然現今已過了以父兄為天的世道，並且在經濟上相對比起舊社會的女子獨立，然而世俗無形的準繩仍將家族中的女性牢牢禁錮，必須「成全」父兄的偉業，犧牲自己。因此主角肩負起照顧失能父親的責任，面對宛若陌生人、罕有接觸的兄長，還得唯命是從，縱使對方「應付式」地來電關心，也無法全然拒絕。面對久臥病榻的父親，善盡後輩的職責，報喜不報憂，表現出兄友弟恭，並且以善意的謊言佯稱自己過得很好，把一切的委屈往肚裡吞，實際上幾乎與社會脫節，不敢有人際社交，以及談戀愛。僅能把情懷與想像在夢境中構築，正好比那本只能拿來觀看的探險雜誌。

本文的出發點旨在對於都會女性而發，卻早早涉及到老年照顧議題，這與簡媜近期主力推動的老年書寫，可作對讀合觀。雖說立意點不同，但恰恰能從不同角度去思考照顧者與被照顧者的心境。簡媜寫作歷程頗長，又在作品中開展多元的議題，因此可從眾多著作中看見作者的自我成長，以及對臺灣社會各階段主題探討。本文是簡媜從年少華麗精鍊的文字，過渡至壯年後成熟洗鍊風格的轉變期，文字仍保有學院的典雅，亦兼具人生歷練後的醇厚，標誌著其散文風格的特色之一。（林宏達）

問題與討論

1. 過去女性在家族的地位均較為次要，甚至背負著「溫良恭儉讓」的德行，你認為現在這樣的思潮或傳統還存在嗎？
2. 面對少子女化日趨嚴重，並且臺灣進入高齡化社會的頂峰，未來一名青壯年必須承擔照顧數位老人的責任，是否有思考過如何平衡於工作與成為照顧者之間的問題？
3. 人口老化是全世界不可逆的趨勢，面對政府相關的老年安置舉措，在你心中是否有個藍圖？

延伸閱讀

1. 簡媜：〈侍病者是下一個病人〉，收錄於《誰在銀閃閃的地方，等你（增訂版）：老年書寫與凋零幻想》，臺北：印刻出版社，二〇二二年。
2. 張曼娟：〈丟掉劇本之後〉，收錄於《自成一派：只此一家，別無分號》，臺北：遠見天下文化出版公司，二〇二三年。
3. 西西：〈像我這樣的一個女子〉，收錄於《像我這樣的一個女子》，臺北：洪範書店，二〇〇七年。
4. 洪伯豪執導：〈老大人〉，小戽斗、喜翔、黃嘉千主演，二〇一九年。
5. 彭佳慧演唱：〈大齡女子〉，作詞：陳宏宇，作曲：蕭煌奇，收錄《大齡女子》專輯，臺北：金牌大風音樂文化公司，二〇一五年。

七、環境永續

引論

王祥穎

二十一世紀後，人類對地球暖化產生各種災變的狀況，興起更多意識，除了持續關注環境議題外，對於森林保育、生態復育等採取更積極且實際的行動，希望能減緩人為長久破壞後所產生的嚴重問題。此外，除了關注山林生態，我們也留心自身居住的周邊環境。之前，由於科技進步快速帶來各種有毒汙染，如：殺蟲劑、除草劑等濫用狀況、工業廢棄物不當排放等，了悟一時破壞環境的殺傷力遠遠超過想像，於是逐一將空氣、水源、土地等放大檢視，希冀能尋求永續循環之道。人們關注並主動選擇更友善的模式連結自身環境，形成與生物共存、與環境互利的平衡狀態。

其實，這些想還原大地美善的契機告訴我們，人類不僅於外在需要和環境永續，在生命世界亦渴望親近自然，因為大自然之母生生不息之能量，正是宇宙全體生命賴以為生的動能。故當我們親近山林、海域等自然風光時，為何能感到放鬆自在，甚至因此感到身心嚮往與滿足，正源於此。故本單元所選出的四篇文章，均強調生態環境與人類之間的關係，並進一步提到如何適時阻擋破壞過程，達成共生共存、永續環境的概念。

第一篇是程兆熊的〈三株古松〉，它是作者《憶鵝湖》的第十八篇作品。三棵古松已屹立千年，卻誠然盪漾著純樸自然、剛健無私的氣韻，讓古樹下的小草永保古樹枝椏的庇蔭，正如慈愛父母呵護子女的心意；而在古樹下休憩著的人們，隨時能藉樹純樸的流動，豐富對生命的體會，啟動自然氣息給予的修復能量。

第二篇是吳晟〈只能為你寫一首詩〉，是藉由詩的創作，記敘環保人士在二〇〇五年起對抗國光石化工業開發案過程，這個事件當年由環保、藝文等各界人士聯合發起，動員人數眾多，代表著臺灣環保意識、公民意識的抬頭。詩人以詩句訴說著為對抗而悲憤、焦慮的情緒，捍衛立場，強烈表達出不可因工業建設而犧牲美麗家園的決心。

第三篇是凌拂〈流螢爍金〉，作者運用知識性、文學性的筆法，提到各季節中於住家山林外觀賞流螢的心情，以細膩浪漫的筆調描述自身在靜謐空間與流螢相遇的親身感受，流連品賞光影飛升的姿態，娓娓道出於天地間與流螢相伴的珍貴歷程與心境。然而文末亦帶著憂心，不知所謂荒野淨土能存留多久，是否能讓人類因天地自然間的美好際遇，啟動更多珍視與保育野地的作為？

第四篇是李偉文〈爬樹叔叔〉，這是作者訪談當時對自然環境有所貢獻的特立獨行者的其中一篇文章。本文主角蘇俊郎是國內第一位拿到攀樹授證的教練，文中描述他在學習與習得爬樹的過程，體驗爬樹應具備的謙卑態度、學習以三度空間練習思考運用，以及從爬樹視域建立起科學研究新視野。提出的觀點與作法皆具獨到之處，字裡行間感受到人類要向大自然親近與學習的重要性。

四篇文章的議題環繞著生態美好與保育棲地重要性，希望人類能拋除本我概念，協助維持平衡能量，達成互利共好的新生活。同時，減少對自然資源的濫用，維護資源再生永續。最後，也期盼讀者們閱讀文章後，能展現更靈活的思考與積極的行動，因為達成環境永續，身為地球的一份子，你、我都有責任。

三株古松❶

程兆熊

大義禪師❷手植下三株羅漢松，在峯頂寺❸大門前一個池塘的彼岸，三株樹都活到而今，而且總要繼續活下去，只是有兩株較高大，一株較低。我在鵝湖❹，

---

❶ 選自程兆熊著《憶鵝湖》一書，此為其第十八篇。

❷ 大義禪師（西元745～818）：中唐高僧，嗣馬祖道一，衢州須江（浙江江山）徐氏子。唐順宗、憲宗時拜為國師，賜號濟慈，在長安說法驚動滿朝文武，留下不少禪語。後往信州鵝湖（江西上饒鉛山境內），到了鵝湖山的最高處，當地說是峯頂山，成為鵝湖傳奇，傳有對虎說法之事，並遺有其募化所建之橋，名為大義橋，至今猶在。民眾曾合力為之建寺，後為皇帝誥封，即為當地所稱的峯頂寺或濟慈禪院。景德傳燈錄、五燈會元有其傳，並有唐韋處厚所撰之大義禪師碑銘（興福寺內道場供奉大德大義禪師碑銘）；另可參程兆熊先生《憶鵝湖》之第五篇〈峯頂山、大義禪師、大義橋〉。

❸ 峯頂寺：見上注。

❹ 鵝湖：位於江西省上饒市鉛山縣境東北部。傳說東晉時鵝湖有鵝百數飛了上天，等到數百年後大義禪師由大唐京都做國師做倦了到來鵝湖時，這飛上了天的鵝群竟又飛了回來。如是神話，使得鵝湖傳奇色彩十足。（參見《憶鵝湖》之〈五、峯頂山、大義禪師、大義橋〉）五代時，在鵝湖峯頂山下的

跑到峯頂時，見到了寺裏的和尚，我道一聲「好好好」，他們說一聲「阿彌陀佛」，他們總要邀我到寺裏去，好在那面臨池子的寺樓中，飲著茶。但我總是跑到那三株古樹下，池塘映著樹影，樹影倒入雲中，那樣的枝，那樣的葉，更那樣的樹幹，實在使我見之肅然：枝，搓枒得肅然；葉，蕭疏得肅然；幹，孤直得肅然❺。還有根，因爲大老，大地掩藏不了，伸張出來，比什麼都有力量。自然的純樸，落到一草一木。一草一木的純樸，落到一枝一葉。但終又落到主幹，手觸著，就「東東」作響時，這已成了時間的奇蹟，更何況再落到潛伏不了的根上？根的純樸是至高的純樸，也是至善的純樸。純樸就是力量❻。自然的

仁壽寺又出了幾位大禪師，如有名的圭峰宗密等。南宋時，理學大家朱熹與陸九淵兄弟在呂祖謙之安排、促成下，於鵝湖展開了理學與心學之大辯論，史稱「鵝湖之會」，後遂有鵝湖書院之建，以四賢祠祀朱呂二陸四先生。（參見《憶鵝湖》之〈六、仁壽寺——鵝湖之會〉、〈七、鵝湖書院〉）鵝湖書院自此聲聞天下，甚至名列中國四大書院，代表了理學傳統、儒學宗傳，而成中國文化的一大象徵。

❺肅然：表示一種讓人默然起敬的莊嚴。而連續三個句式一樣的肅然句子，乃文字類同而微異變化之一唱三嘆的疊句結構，猶如《詩經》一貫出現的疊句描述或詠嘆法。

❻純樸：表示一任本真自然而動，無所執著增飾，亦無所放蕩怠滯。既無執飾則無失無妄無私意，既無放滯則生生續繼不間斷，生命續繼而無妄失，不就是力量充具而共與天地萬物大化流行？此可呼應《老子》「見素抱樸，少私寡欲。」（第19章）、

純樸，會落到根土，那一方面是宇宙的秘密，但一方面也是開花結實，顯示著一切，孕育著一切的由來❼。因爲一切落根落土，再求出土伸張，便會是「萬化

「道常無為而無不為。侯王若能守之，萬物將自化。化而欲作，吾將鎮之以無名之樸。」（第37章）、「夫物芸芸，各復歸其根。歸根曰靜，是謂復命。復命曰常，知常曰明。」（第16章），也可從《易傳》「元者善之長也，亨者嘉之會也，利者義之和也，貞者事之幹也。」（〈乾‧文言〉）、「乾道變化，各正性命，保合太合，乃利貞。」（〈彖傳‧乾〉）、「坤，至柔而動也剛，至靜而德方，後得主而有常，含萬物而化光。坤道其順乎，承天而時行。」（〈坤‧文言〉）以及《中庸》「誠者物之終始，不誠無物。」（第25章）、「其為物不貳，則其生物不測。」（第26章）等等加以本體宇宙論式與道德創造論式的詮解。簡括言之，純樸可謂即純粹地順應自然常道，依天道本性而動，不加人為妄作，一派真誠本心之流行不已，如《中庸》所謂「天命之謂性，率性之謂道」（第1章），或南宋心學家陸象山（九淵）所謂「易簡工夫終久大，支離事業轉浮沉」之「發明本心」的易簡，亦可上溯至《易傳‧繫辭上》「乾以易知，坤以簡能……易簡，而天下之理得矣。」（第1章）程兆熊先生常以「簡單化」標舉此純樸之意，而曰「性情之教」，其《憶鵝湖》之懷想鵝湖也是以〈農村的純樸〉一篇作收。

❼「根」孕育生命：代表生命的根本或始源；「土」滋養萬物：代表承載而護持萬物的大地。《易傳》有云：「至哉坤元，萬物資生，乃順承天。坤厚載物，德合无疆。含弘光大，品物咸亨。牝馬地類，行地无疆，柔順利貞。」（〈彖傳‧坤〉）蓋大地無私親，護載各個生命之根以發芽滋長直至開花結果，自自然然表現出老子所說的「生而不有，為而不恃，長而不宰」之玄德。而就人文而言，則如老子所說「人法地，地法天」（第25章），故《易傳》亦謂「地勢坤，君子以厚德載物」（〈大象‧坤〉）、「天行健，君子以自強不息」（〈大象‧乾〉）。

歸身，宇宙在手」。樹木的美，根是第一，幹是第二，枝是第三，葉是第四，花已成了下乘，只是拈花一笑處❽，一葉一菩提，一花一世界，一轉之間，那是由土而生，由根而至，由眞誠作著主宰，由純樸做著家當，於是在宇宙人間，花葉的呈現，又復高高在上，成了上著，惟此又當別論。總之純樸是力量，那寺前池畔雲裏山間的三株古樹，實是「自然的純樸」之全身，從大義禪師到現在，已近一千年，可是一千年算得什麼？「時間」是一隻野馬，那三株古樹已繫住了馴伏了時間的野馬❾。那池塘的彼岸，對那三株古樹的不斷生長，似乎場面很窄，只是場面很窄又算得什麼？天地從來就很寬，場面是一個水晶球，裏面越小，外面越大，古樹的根，伸過池塘，伸出山嶺，便是一個世界，又一個

❽ 拈花一笑：乃借用禪宗初祖迦葉尊者之公案。據《五燈會元》卷一載：「世尊在靈山會上，拈花示眾。是時眾皆默然，唯迦葉尊者破顏微笑。世尊曰：吾有正法眼藏，涅槃妙心，實相無相，微妙法門，不立文字，教外別傳，付囑摩訶迦葉。」是則拈花微笑代表妙心之直感直應，以心印心，生命直接顯現真實的存在內涵，本末如如通貫無二，不須借助任何符號概念等文明形式或有為形相。所以，花也好，葉也好，皆與根、幹、枝一以貫之，而顯其整體存在內涵與意義，是真、是善、是美，故說一葉一菩提、一花一世界。

❾ 此象徵生命不再如難以駕馭控制的野馬一般左衝右突，而是如平平順順的常道般「永恆」，馴伏了時間之有限與時代之不定，而挺立不息地如如流行。

世界了[10]。「面北風高」[11]依然碧綠，來春風好，亦不繁華，三株古樹，年年池上，歲歲天邊，只是如此，只是如此，從來沒有兩樣的葉，兩樣的枝，兩樣的幹，兩樣的根，又那裏會有兩樣的心情，兩樣的顏色呢[12]？

我有時會在那三株古樹下，邀遊著整整一日，直到太陽不在山頭。

我有時會在那三株古樹下，和朋友們閒談著，談到千秋，又談到一時，只不談上，也不談下，因爲都不過是平常的談話，同時，因爲是平常，所以就沒有休止，沒有休止的談話，就是平常的談話[13]。

我有時會在那三株古樹下，坐臥著，直到斜風細雨的停息，儘管寺僧頻

---

⑩ 此象徵「無限」，而創生不息，開展推拓也，大程子明道所謂「充擴得去……天地變化，草木蕃」（《二程外書．卷十二傳聞雜記》）。裏越小則能映射的面越大，象徵性體、心體之精微而「萬象森然已具」（《二程全書》卷十六）其中。

⑪ 慧林禪師有回覆人問「如何是鵝湖境？」之詩句云：「面北風高難著眼，屋前松老幻如龍。」可參《憶鵝湖・十七、鵝湖境》。

⑫ 此從萬物與人之本性言，如《易傳》所謂「乾道變化，各正性命」，或宋明理學家所謂的「天地之性」、「本然之性」而「心同理同」也。

⑬ 程兆熊先生常提到明代陽明心學泰州學派之羅近溪的「我只平平」，這可說是程先生畢生的理想，也相當於程先生所提倡的「簡單化」，或此篇所謂的「純樸」；而亦可通乎禪宗所謂的「平常心是道」。

頻招手，要我入寺稍休，但我終不理會，他們也就笑笑進到裏面去。在那古樹下，細細觀看著池魚，那是看到了一個「無限」，又是看到一個「永恆」，在斜風細雨裏常常是池魚的一躍，和池魚一躍後所形成的池上波紋，一圈一圈地直到池岸。這一躍的當下，會就是「永恆」，這一圈一圈的擴展，會就是「無限」，人生活在無限和永恆裏，魚也是生活在無限和永恆裏⓮。人的居室，須要窗子，這一方面表示著需要空氣，但一方面也是表示著不願生活在居室的有限裏；人的世界，需要古蹟，這一方面表示著是愛好時光，但一方面也是表示著不能生活在人世的幻變裏。回頭看看魚在斜風細雨中的一躍，不也就是在追慕著池上天空中的無限，和水上風飄處的永恆麼？於此領悟著歷史的尊嚴，文化的尊嚴，人類的尊嚴後，也就應領會萬物的尊嚴了。我在那三株古樹下坐臥著，在斜風細雨裏，更儘多這樣的遐想，因之不忍捨離，委實無奈。

我的父親小時在鵝湖讀書，自然更親近了那三株古樹，憑了他一己近八十年的風霜經歷，自然更可以想像到那三株古樹的經歷，絕不會像我這樣不肖

⓮「永恆」與「無限」幾乎貫串程先生一生的關懷，以此為關懷主題，其《中庸講義》亦常藉此作詮釋。《憶鵝湖》之〈代序：一封書——有關時代〉也說

的孩兒，竟老是像在人間飄忽，常不免震撼於時代的風波。老樹是近千年如一日，老父是近八十年如一日，而時代卻老是一日一樣，一時一樣，甚至一秒鐘一個樣子，那是風，吹來吹去，那是浪，後先相逐⑮。於此而領悟著古樹在風聲裏，老人在波濤上屹立不動的心情，爲人子者，會有如何的感覺，眞是無可言宣。

我的母親當我的老家被第三度焚毀時，到了鵝湖，和她的兒媳們同住了一月，又曾到峯頂禪院禮佛一次，順便在那三株古樹下，停息了一會。她只說了一聲，那是「一個好所在」，這眞像她是吃了四十年長素後的第一次的表白，當她所居住著的家鄉中的房屋被日本人焚毀以後，又經她親自辛辛苦苦地設法重建著，卻纔建好了，因鄰居失火，重被焚毀。父親不太理家事，這時母親因無家事可理，便被我接到了鵝湖，但當她禪院禮佛，樹下停息，唸了一聲「好

⑮《憶鵝湖》之〈代序：一封書——有關時代〉也感慨萬千道：「時代是什麼呢？在永恆裏，它是一陣風；在無限裏，它又是一陣風。假如現時代真的以征服時間，唾棄永恆，征服空間，擯斥無限，作為是它唯一的本領和欲念，那麼這一陣風，必然會是一陣迷離古怪的風，自我思來，什麼風都是會吹來了又吹去的。永恆的心，永恆的愛，永恆的真理，永恆的喜悅，所有這些，是吹不來又吹不去的……。」

所在」之餘，她又念著老家了，她不能忘了家事，不能忘了佛事，她只是要回去，家中連門壁都沒有，她也要回去。她生活著的世界，會正如那三株古樹所生活著的世界，會正是那三株古樹所生活著的世界一樣，那究竟會是怎樣的一個世界，我至今都未能明白；在她，家事就是一切，佛事就是一切，但家在何處？佛在何方？她卻不問[16]。她以七十多歲的高齡，絕不願和她親生的兒女，共享一刻的安樂。朋友們總以爲我能較一般人吃得苦，耐得勞，但對著她，我眞覺得我實在是一個膏粱子弟，遊手好閒。那三株古樹下，原曾有池邊小草，在冬日也滋榮，但這只是由於那古樹梢頭的枝葉，擋住了風雪，而未覺風寒。滋榮只是「自然的純樸」裏的滋榮，小草是幸而獲得了古樹的庇撫[17]。讓那三株古樹作成「自然的純樸」的全身，就不能不讓我母表白了「何謂人間的純樸？」

[16] 這不就意味著，其母整個生命只在直承根源所自的血脈與家鄉，盡心篤行而超然物外，除了全心的盡齊家之愛與職責而護持子孫，以及安住於永恒無限的佛菩薩信仰之境以外，幾乎別無其他？又於此處，也透露著人間性情與自然天道相貫通之意。就如《中庸》所說的：「天命之謂性，率性之謂道。」（第1章）、「唯天下至誠，為能盡其性；能盡其性，則能盡人之性；能盡人之性，則能盡物之性；能盡物之性，則可以贊天地之化育；可以贊天地之化育，則可以與天地參矣。」（第22章）

[17] 這裡寫古松之庇撫小草，純乎自然之樸，亦以此譬喻母親對子女純粹的慈愛護持，強韌樸實如松。

她指著那古樹下說是個好所在，這應該是「人間的純樸」對著「自然的純樸」所自然流露著的言辭，試想，我在這樣的言辭之流露處，又如何能捨能忘[18]？純樸裏有著力量，純樸裏更有著天性，人對全宇宙的豐盈或對盈天地的贈與，能無取無受，或於無可如何處，十分必要時，少取少受，這就是純樸。享受總是消耗，能無消耗，或少消耗，從而還能對宇宙有所增益，對天地還能有所捐獻，這是純樸的第一義。至無求於人、無取於人或無求於世、無取於世，這還是第二義的純樸[19]。認取純樸，認取自然的純樸，認取人間的純樸，在古樹下，對小草而言，在父母前，對兒女而言，這都是必要的！在古樹下，對壓傷了的蘆葦，不要折斷，這是純樸。在父母前，對點殘了的燈火，不要吹滅，這是純樸。同時，讓「兒女們先喫飽，不好拿兒女的餅丟給狗喫」[20]，這也是純樸。而

---

⑱ 此段接續上一段母親與古松精神相仿、性命與天道相貫通的意象，而進一步具體描畫，並歸諸貫串全文的「純樸」主題。

⑲ 一般只注意到如此處所言「無求取於人世」之第二義的純樸，或有如《論語・學而篇》第十五章裡所說的「貧而無諂，富而無驕」之境；卻未更徹底地留意「未若貧而樂，富而好禮者也」之超越貧富念想而自慊自足，一意在道、在奉獻淑世的高境。此後一境就接近這裡所謂的第一義純樸。

⑳ 引自《新約聖經・馬可福音7:27》（現代標點和合本）。

讓「狗在桌子底下，也喫孩子們的碎渣兒」㉑，這還是純樸㉒。

我在鵝湖時，我常到那三株古樹下，左思右想，想著古往今來，想著上天下地，雖然談著是平常的言語，但想的總是如此無際無邊，風在那三株古樹之巔吹過，雲在那三株古樹之頂飄來，太陽在那三株古樹之梢西沉，月亮在那三株古樹之側升起，但那三株古樹終於不識風雲，不知歲月。我從那樹底下，悄悄離開，那樹的四周，卻沙沙作響，這如何能不使我留連，這如何能不令我懷想？

作者與賞析

〈三株古松〉選自程兆熊先生（西元1907～2001）《憶鵝湖》一書，為其中第十八篇。該書最早出版於一九五四年，正文二十二篇，附錄數篇，另有作者之〈前言〉以及其一封寫給妻子的「有關時代」之萬言書作為〈代序〉。其後又有重版者，然皆已絕版，書市難尋。所幸近年新北市華夏出版公司陸續重新出版一系列程兆熊先生的書，使其許多夐絕之作得以再度面世，這

㉑引自《新約聖經．馬可福音7:28》（現代標點和合本）。

㉒由此可印證，程先生所說的純樸，實基於「此天之所與我者」（《孟子．告子篇》第十五章）的「本心」或「性情仁德」，而純粹順乎天理人情以充擴開展，其由近及遠亦合乎人情義理而屬自然也。

本或比之於梭羅《湖濱散記》（《瓦爾登湖》）的《憶鵝湖》遂得以重現光明，尤其在文明失衡，敦厚性情與自然懷抱俱多疏離，而亟待返本歸源以救贖的當今世界，更是別具意義，在中國文化於今何去何從的問題上也充滿了啟示。

《憶鵝湖》從鵝湖的鄉土之情、山水之靈、歷史之文、人物之華等等層面懷想鵝湖，而連通到中國純樸的農村生活與態度，中國虛實相涵、沉靜靈動的自然山水與園藝環境，以及「永恆」的文化理想與「無限」的完人境界之嚮往與實踐。這些層面互相交織相融，指向天地人間通為一氣、大化流行、純樸自然的「簡單化」境界，融貫了儒道禪，而落實到溫柔敦厚、剛健不息的儒家性情之教，這是朱陸（宋代理學家朱熹、陸九淵）所代表的「神聖的教師」之路，也就是程兆熊先生畢生念茲在茲的鵝湖書院精神。《憶鵝湖》諸多流暢似水流、芳香勝醇酒的精簡散文篇章，環繞著象徵中國文化精神核心的鵝湖，來往古今，交錯為一，引人進入一個歷史與時代、理想與文化、山川與農村、旦暮與永恆之天地人交融的鵝湖理境當中。文字透白自然，意境深沉高遠，雖吉光片羽，看似平平淡淡，卻含血帶淚地刻畫出整個動亂大時代的具體面貌，自然流露出士君子志承斯文以救世救民的深情悲願，天命召喚般地興發、激勵著人們，還含蘊著一份令人當下即是、不假外求的灑脫情致，亦儒亦道亦釋。此篇〈三株古松〉以古松代表了「自然的純樸」之全身，從力量不可掩的生命之本根，進而成挺立肅然的樹幹，而枝條槎枒、而綠葉蕭疏，並庇護其下小草之滋榮。由此說到人間的純樸與性情，人與萬物的尊嚴與仁德，並以程先生自己體認最為親切的父母為實例以述之，誠篤自然，可謂「極高明而道中庸」。全篇以簡素自然的言語，引人入勝地表達出統合自然與人文而歸到純樸至誠的天道人性之義諦。讀者由此以入，可觀程先生「簡單化」性情之教之端倪，以及其學其文之高致的一斑也。然而，這等高妙散文，連同程先生的大學問、大貢獻，卻差點被時代埋沒了。

那麼，程兆熊究竟何許人也？或許，園藝界反而比文藝界更知道他，因他有「臺灣蘋果之父」的美稱，臺灣高山落葉果樹的成功栽培要歸功於他，現在聞名的清境、福壽山、武陵農場起初也是他輔導成立的，又參與耕者有其田之督導考察與訪問，創辦了臺中農學院（今中興大學）園藝系，任中國文化大學首任農學院院長；然而，這只是他人生「一個人的完成」之一部分而已。現在，已很少人知道早年他在大陸時期創辦知名的國際譯報、自強日報等等，並與唐君毅先生等合辦學術聲望極高的期刊《理想與文化》，更在原本聞名天下的鵝湖書院所在地辦了很成功的信江農專（不久改制農學院）。也沒幾個人知道他剛來到港臺時，最初兩年其實是與錢穆、唐君毅先生一起草創新亞書院的，後來成為保存與發揚中華思想文化的海外重鎮；而當新亞合併為香港中文大學時，他又為錢、唐兩大師誠邀至港，擔任新亞書院訓導長，教授經子與文學，其後並任新亞中文系主任，直至退休回臺，再於文化大學回歸園藝，兼課於哲學研究所。教學與園藝實務貢獻之外，更驚奇的，他著述不斷而近百本，將其園藝專業與立基於中華大地的悠久醇厚文化結合起來，構建了園藝美學與新農業哲學，融貫儒釋道，遍闡四書五經、老莊、禪宗諸派，品賞宋明理學大家與禪宗大德之智慧與風姿，著中國文話、文論與詩學，述納素波神話，譯博伽梵曲，觀文化歷史大勢，宣中國太平要義，終回返田園山林，歸到純樸自然、簡單化的「性情之教」。而身體力行，隨感成詩，關懷天下國運者氣象浩蕩，反映生命境界者平淡、高遠，渾然天成。錢穆與唐君毅先生贊其「淡而不厭，簡而文」（《中庸》第33章）。對日抗戰末，他從軍旅回到家鄉江西，於信江、鵝湖創辦農校，並志欲復興鵝湖書院，後因內戰來港臺，應香港人生雜誌社王貫之社長（王道先生）之邀約而寫此鵝湖懷想，分

期發表，後遂成此《憶鵝湖》一書，留給後人永恆與無限的懷思。（蘇子敬）

問題與討論

1. 你能以你理解的方式，說明何謂純樸嗎？作者說有第一義和第二義的純樸，其間有何差別？又為何純樸就是力量呢？
2. 「自然的純樸」與「人間的純樸」是如何貫通的呢？或者更整體抽象地想一想：自然（宇宙界）與人事（人生界），其間的關係為何？能夠通貫嗎？過去曾有科學與人文的論戰，至今你對此有何看法？
3. 作者說：從體會人類的尊嚴進一步體會萬物的尊嚴。我們如何理解所謂萬物的尊嚴？這有何現代倫理或環保等意義？

延伸閱讀

1. 程兆熊：《憶鵝湖》、《一個人的完成》、《生命與世界》。
2. 《老子》第16、19、37等章。
3. 《中庸》第1、22、25、26等章。
4. 《易傳》之〈乾卦・彖傳〉、〈乾卦・文言傳〉、〈乾卦・大象傳〉、〈坤卦・彖傳〉、〈坤卦・文言傳〉、〈坤卦・大象傳〉。
5. 程兆熊：《大地人物・十四、羅近溪的「我只平平」》、《四書大義》。
6. 蘇子敬：〈中華文化與農學大師程兆熊的《憶鵝湖・十八、三株古松》〉。

只能為你寫一首詩

吳晟

選文

這裡是河川與海洋
相親相愛的交會處
招潮蟹、彈塗魚、大杓鷸、長腳雞
盡情展演的濕地舞台
白鷺鷥討食的家園
白海豚近海迴游的生命廊道❶
世代農漁民，在此地

---

❶詩作背景是彰化沿海芳苑大城濕地一帶，那裡有豐富的生態資源，其中更是臺灣瀕危，數量不到百隻的白海豚洄游廊道。

揮灑汗水，享受涼風
迎接潮汐呀！來來去去
泥灘地上形成歷史
稍縱即逝的迷人波紋
這裡的空曠，足夠我們眺望
足夠我們，放開心眼
感受到人生的渺小
以及渺小的樂趣
這裡，是否島嶼後代的子孫
還有機會來到？

名爲「國光」的石化工廠❷

❷國光石化於二〇〇五年提出國光石化開發案，是一場大型石化工業投資開發案，原本預計於雲林縣離島工業區興建，後環評未通過，於二〇〇八年轉移往彰化縣。由於預期將帶來相當嚴重的生態破壞，而遭環保、藝文等各界人士聯署抗議反對，吳晟是當時藝文界人士的重要代表。二〇一一年開發案因環評未通過而放棄終止。整個抗爭過程動員人數眾多，更可見臺灣的環保意識及公民意識抬頭。

正在逼近，憂傷西海岸
僅存的最後一塊泥灘濕地
名爲「建設」的旗幟
正逆著海口的風，大肆揮舞
眼看開發的慾望，預計要
封鎖海岸線，回饋給我們封閉的視野
驅趕美景，回饋給我們
煙囪、油汙、煙塵瀰漫的天空
眼看少數人的利益
預計要，一路攔截水源
回饋給我們乾旱
眼看沉默的大眾啊，預計要
放任彈塗魚、放任招潮蟹、放任長腳雞
放任白鷺鷥與白海豚
甚至放任農漁民死滅

只爲了繁榮的口號

這筆帳
環境影響評估
該如何報告❸
而我只能爲你寫一首詩
多麼希望，我的詩句
可以鑄造成子彈
射穿貪得無厭的腦袋
或者冶煉成刀劍

❸環保署自一九九四年公布臺灣《環境影響評估法》：「各種開發行為，在規劃階段應同時考量環境因素，不合乎規定者，不得開發，以達永續發展之目標。」在各界反對聲浪及社會輿論下，國光石化開發案環評專案小組也因此召開多次專家會議。環評報告於二〇一一年四月出爐，以「認定不應開發」及「有條件通過」兩案並陳環評大會決議。最後由總統府發表不支持開發的聲明，主要是因為環評委員也認定，開發案的確會帶來非常劇烈的生態衝擊。吳晟這首詩發表於二〇一〇年六月，當時正是憂心環境評估報告的焦慮時刻。

刺入私慾不斷膨脹的胸膛

但我不能。我只能忍抑又忍抑
寫一首哀傷而無用的詩
吞下無比焦慮與悲憤
我的詩句不是子彈或刀劍
不能威嚇誰
也不懂得向誰下跪
只有聲聲句句飽含淚水
一遍又一遍朗誦
一遍又一遍，向天地呼喚

作者與賞析

吳晟（一九四四年九月八日），本名吳勝雄，臺灣彰化縣溪州鄉圳寮村人，曾任中華民國總統府資政。一九七一年吳晟自屏東農業專科學校（今屏東科技大學）畢業，於溪州國中擔任生物科教師，並同時協助家中母親操持農事。吳晟將從家園、土地滋養的情感寄託於從小就喜歡的詩歌寫作上，著有詩集《飄搖裡》、《吾鄉印象》、《泥土》與散文集《農婦》、《店仔頭》等，以詩與散文描繪對故鄉土地的真摯情懷，同時也具備農業問題、社會問題的批判意識。一九八〇年，吳晟應邀赴美國愛荷華大學「國際作家工作坊」擔任訪問作家。國中教師退休後，陸續於靜宜大學、嘉義大學、東華大學等校擔任駐校作家及兼任教師，並於二〇二〇年獲頒東華大學名譽文學博士學位。二〇二二年《他們在島嶼寫作III他還年輕》紀錄片上映，貼身記錄吳晟的生活、寫作及以保護環境為志業的生命態度。

吳晟愛護土地，發起平地造林計畫植樹三千株，以母親之名命為純園；深耕文學，已是臺灣文學界重要的鄉土詩人。他更長年積極投入環保抗爭運動，最為人稱道的是他參加的反國光石化運動，透過一篇篇詩作，痛訴工業過度開發對生態環境的破壞。本篇〈只能為你寫一首詩〉，便是此一背景下產生的詩作，二〇一〇年六月，吳晟與劉克襄、徐仁修、Diane Wilson等人召開「全民守護家園」記者會，並於會中朗誦這首詩作。

此詩先從彰化芳苑大城濕地的豐富生態描述起，速寫濕地生態及其中動物棲息的面貌，除了人、魚、鳥共生，更是白海豚的洄游路徑。當地居民、動物、傳統農漁業在此溼地世代傳承，空曠的土地更讓人感受到「人生的渺小／以及渺小的樂趣」，但如此寬闊靜好的自然生態，卻因為渺小人類的自大私慾而面臨危機。

第二段詩人直陳破壞這一切的始作俑者是國光石化工業，企圖打著建設的旗幟進駐濕地設廠。詩中重複以「回饋」二字反諷所謂「建設」帶來的慘烈衝擊，人們因工業發展帶來的收穫，其實是封閉的視野、煙囪、空汙及乾旱。犧牲的則是自然美景、無辜的動物及傳統農漁民。

第三段，在抗爭及等待環評結果的過程中，詩人悲憤與焦慮的情緒越漸攀升，卻只能以寫詩來表達憤慨。只能想像柔弱的詩句像子彈、刀劍去懲罰那些「貪得無厭」與「私慾膨脹」。

第四段回到詩人悲天憫人的天性，再怎麼激昂與憤懣，還是無力且無奈的。他最終只能持續寫詩、不斷朗誦，用詩句、用文學，對天地控訴這一切。

全詩語言平實自然、情感真摯，句句扣緊國光開發的議題，不故弄玄虛。首段從美麗的自然美景急轉第二段工業建設破壞性的想像，極具張力。第三段情緒悲憤至極，且具備攻擊性，但是第四段又直抵詩人最柔軟也最有韌性的詩心，帶著對文學、對社會、對土地的愛，竭盡所能地表達自己迫切的焦慮與關心。（周盈秀）

問題與討論

1. 從詩中重複出現的意象，可以看見詩人關注的焦點或積極表現的情感。請梳理這首詩中，詩人重複出現的意象或詩句，並且論述詩人的關懷。
2. 國光石化如果真的落實建設，對於彰化溼地造成的破壞具體為何？請嘗試從網路新聞、各方文獻資料中尋找答案。
3. 你認為寫作對於社會議題的功能為何？請舉出你所關心的社會議題、相關的文學作品為例說明。

延伸閱讀

1. 林靖傑導演：《他還年輕》「他們在島嶼寫作III」詩人吳晟紀錄片，目宿媒體，二〇二二年。
2. 吳晟：《我的愛戀我的憂傷》，臺北：洪範書店，二〇一九年。
3. 吳晟：《泥土：吳晟二十世紀詩集》，臺北：洪範書店，二〇二二年。
4. 吳晟：《他還年輕：吳晟二十一世紀詩集》，臺北：洪範書店，二〇二二年。

流螢爍金

凌拂

選文

入夜熄了燈，窗紗上一隻流螢襲來，幽青的光就閃在近邊。

書上說流螢的光是一種警訊，它可以威嚇；可以誘引；可以示愛。而這一刻對我而言，山風似水，山夜沉黑，倚窗放下簾幔，我正要靜靜的睡去。威嚇、誘引與示愛，識得出與識不出的蹊蹺，於我都形同浪費。如果以天地為幕，俯首之際，牠彷彿就閃在我的鬢際，熠熠清清。山林的深寂素秀，此刻倒無端予我以清炯華麗之感，精神上的璀璨，深山索隱，我倒眞希望牠是我沉雄睿智的內裡。在深山的某處，書很厚，思維很明亮，眩人心目的是見悅明哲，時時刻刻保有一種秉賦上的雍容清鮮，似隱實顯，光榮銷歇，靈智上的景觀只供知己者憑弔。

閒暇的時候我查過書，窗紗上的流螢應爲台灣窗螢了。春末之際登場，夏初收兵，與晚秋登場的那一季流螢相較，台灣窗螢可謂纖麗，體型只及秋螢的一半。然而秋螢量少稀疏，台灣窗螢像耶誕的燈火，密集而且熾烈。輝煌閃爍，最燦亮的明滅，看久了尤其覺得像一齣魔幻喜劇，說不透密林莽原中如何會有這樣的一場節慶。

年年四月流螢起，一入黃昏到處飄閃，飛來飛去的都是幽渺的螢光。每天暗裡出門，不期然總要和小徑上無聲穿梭的燈火撞個滿懷。衣襟上配了水鑽，還是會流動的水鑽，沿著衣襟上下慢慢游走，不知道爲什麼，我總是在這個時候才細細認清我衣上的布紋織路走向。十字紋重複交疊，反覆形成無數的井字，這麼多的井字，我從來也沒發現在自己身上背負著。喜的是清澈，背負的井字也會風涼水冷，有一種因清澈的深度而來的渾厚朦朧嗎。有時衣上織的是斜紋，人字形的斜紋排成雁字陣形，分擘了氣流，台灣窗螢在其間娓娓迤迤，進退反覆，尋找一條起飛的跑道。行萬里路，讀萬卷書，推遠些看，流螢行腳忙忙，一個會發光的物體就在腕際，質清、光影幽微，隻影寂寂，最沉深的路免不了都得獨行。終於攀到了袖口，展翅，輕輕飛去，那情景不知怎地，總覺恍惚含著夢的成分。這一程對流螢而言可曾覺出異樣，衣履上的氣息不同於草木水息，流螢行旅若是這一程也算意外，驚起坎坷，那麼面對生命的麻煩，總體說來必須學會長話精簡短說，不在其意，否則一路如飛螢流金，在黑暗中閃著燈火，恐怕也未必能一路一路都滿布順意。

這一刻荒山已入夜十分，群山純然僻靜，窗紗上的一隻流螢眏霎眼睛，可謂獨醒。我的手按在簾幔某處，只要一鬆手稍稍垂下，窗外一切深宵不寐的幽嘶價響便都擱置了。深帷簾幔巨屏似地垂下，就像外面什麼也沒有，沒有群植的綠樹，沒有叢簇的草花，沒有森然的遠山，屋子小小，慣說金字箴言，因而慣說金字箴言的屋子小小，正合我寬寬鬆鬆的好好睡去。然而暗裡流螢，像個透光的誘引人的入口，黑黑的窗紗上，這種事我憬然熟悉，仰面湊攏看去，儘管清醒，內心依然會險險生起疑竇。彷彿桃花源的入口，梳剔精緻，煙魅粉靈幻化仙姬，多麼驚駭，舉目全黑，就這一個透光的小孔，幾疑看得見裡面鑲雲綴鑽，舟車搖輦，春風、芳草，我幾乎聽得見其中深宵的犬吠。荒山夜，四面都是深深的漆黑，我筆直站著，一名領角鴞呼呼吹著哨音走過，栩栩然世情恩怨如悉，現世與理想這樣瞬息相近，俄頃之間一切復歸消解，孰實孰虛，已然又是另一世紀了。

《禮記》上說：「季夏之月，腐草化螢。」因了這樣的說法，民間至今有流螢出自腐草的傳說。杜甫在寫〈螢火〉的時候，我們看到的破題第一句就是「幸因腐草出，敢近太陽飛。」如果就這一句斷章看來，簡直充滿了輕蔑，一隻小小的來自於腐草的流螢，如何與太陽爭輝。數百年後，雖有人指稱杜甫以流螢腐草暗喻刑餘之人，太陽乃指人君之象，依循此注下去，頗覺杜甫隨風隔幔，帶雨傍林，心中對流螢其實充滿了同情憐憫。然而以其潛形匿跡，譬喻刑餘之人，到底還是相信了流螢出自腐草，因了出身的關係，流螢還是卑微了。而今，「生源論」崛起，物種發生各有始末，依據科學，人們對種種生物現象的觀察，對腐草化螢這樣的自然發生說，自然是視爲無稽，再也沒有人相信了。然而，流螢從此會給我們新的驚喜和浪漫嗎？我居在荒山裡，隨意往來，到處走動，深山人家叱責孩子捕捉流螢，反倒像詭譎之物，以爲那是飄散的燐火。山上白日裡就少人走，入晚更爲寂靜，獨看流螢散若飄煙的夜晚，與物不競，山夜直清如水，流螢詭譎，若眞是飄散的燐火，我倒是認同自己頗好鬼物。

其實已成習慣，我家側門一開，山壁上的腎蕨碧容如茵的掉過頭來，長風裡俏皮地垂垂搖搖，飄起種種荒山野逸。然後循著水息分支，一路輾轉蜿蜒登上幽徑。每年仲春三月，小彎嘴畫眉在其間啄起三兩粒龍葵種實，白頭翁爲了撫育幼雛的事咻咻議論不停。而我就在其間數著日子，算到季春四月，四月一起，白日荒山裡的種種軼事，都暫時加了逗點，入夜之後場景更迭，四顧無人，悄悄劃起一根火柴，自此流星、寶劍，同時竄起無數星火冷焰，流螢的季節，由此揭開序幕。介乎幽微與寂寥之間的閃閃雋語，周圖森森的林藪都忽然消隱。季春、孟夏，我在水息裡輕搧透明的精靈仙子，小小的星焰飛來飛去，冷光逢昏不昧，去年四月在荒山小徑上輕率戲弄的那一隻，不知今年可曾傳代。自忖去年驕狂，有欠公允，今年姑且悄然引身退距一隅，縱覼此際精緻雕鑿閃閃發光的夜晚，無人知道白日裡原是一片荒涼野蔓的草地。叢叢簇簇來不及分辨的野草野花，自四面群聚，從視界的這端延伸到視界的那端，白日裡經過，悄然動衷的是，如果不是有這樣一片完整的野地，深草沒膝，水息侵履，因而造成了人的疏離，使得流螢得以從容化育，夜晚哪得這樣一番寶光璀璨。野地還能保存多久？每年每年的流螢還能高密度結晶幾回？綠地逐年減少，從外圍漸漸挖向山裡，野草流金的夜晚，我已慣說這裡季春、孟夏如何如何。荒山的消蝕，面對流螢，我總覺得爍金的草叢，彷彿總有什麼事情要來。

土地的過分開發與利用，流螢已是自然生態中一種最微不足道的存在了。那些充滿奇幻的燈火，有誰決定去看看牠們。土潤溽暑，大雨時行，流螢的季節，是我一年裡最梳剔精緻的季節。漆黑的夜晚，飄著飛光的琉璃燈火，我聽見遠處黃嘴角鴞的呼聲，近處是盤古蟾蜍的鼓譟。曲折轉入小徑，我們共同生存在一個領域，理當成爲一種秩序。烏黑裡，我當眞看過一對正在交尾的流螢，牠們閃閃發光，同步呼息。被打擾的時候，連在一起閃閃向東，連在一起閃閃向西，陰暗裡閃著一霎一霎的微光，好似門沿上掛著幽隱也似的燈盞。蹲在草徑旁，我當一齣喜劇細審，此刻全場奔走的流螢，沒有一隻會去睡覺。隱私之必要，古今同理，我慢慢離去，這個季節當眞是牠們的了。荒山琉璃畫舫，載不動許多寂冷稠密的柔協燈火，烏黑而且潮濕的荒山之夜，確有許多愁，這是深山裡最後一場奇豔的夢結了，我從其中走過，七寶樓台璀璨精巧的展現，但是不能見光。白日裡還不曾開始施椿的空地上，低陷的泥地裡長滿了荒蕪的蔓草，流螢爍金，但是少有可以對人言說的情質了。

熄了燈，窗紗上流螢幽青的光就閃在我的眉睫。想起曾有一夜，山中起大風，狂亂的風像一頭低吼的野獸，沉雄低鳴，自遠而近。嘯聲裡我跑出去，站到我的野地，竹林傾仆倒地，流螢顛躓，在空中驚竄，那不由自主低陷的，彷彿同時落爲灰燼。我躬成蝦身，睜不開眼，頭髮和衣履盡皆向後拉直，自然的劫難悍烈，人爲的劫難起於一旦一刹，流螢全場奔走命在倉皇之間。一切事都有可能發生，此刻貼在窗紗上的流螢，再切近也沒有了，那安寂明透的光幽微閃閃，烏托邦的入口，牠進得去嚒，還是我出得來？幽微閃閃，此刻我也只能靜靜的睡了。

作者與賞析

凌拂，原名凌俊嫻，一九五二年三月六日生於臺灣，祖籍安徽合肥。雙魚座的凌拂，有感性的直覺、透徹的觀察力、豐富的生態知識及對文學的獨特視野。因為在國小任教多年，所以致力於兒童文學的書寫，又因為曾受偏鄉小學自然生態環境的滋養，所以踏上了自然寫作之路。兒童文學與自然寫作是她創作的兩大類型，但這兩類型常互相指涉滲透，並非壁壘分明。她的文字疏淡清朗，看似冷靜超脫，實則悠緩情深。她以溫婉的心，把文學、空間和人結合在一起，藉微觀描繪自然界的草木鳥獸，進一步敘寫人類生命內在的幽微情境，因此獲獎無數。

凌拂於一九八三年出版第一本書《童詩開門》（臺北：錦標出版社），六年後（一九八九）又出版《中國兒童寶庫——六朝志怪》（臺北：適用出版社），這兩本專為兒童所寫的書，開啟了兒童文學的創作。爾後又涉入自然生態的題材，期望環境得以永續，於是陸續出版了散文集《世人只有一隻眼》（臺北：聯合文學出版社，一九九〇年九月）、《木棉樹的噴嚏》（臺北：皇冠出版社，一九九三年十一月）、《臺灣的森林》（臺北：玉山社出版公司，一九九八年七月）、《與荒野相遇》（臺北：聯合文學出版社，一九九九年七月）、《食野之苹：臺灣野菜圖譜》（臺北：時報文化出版公司，二〇〇三年六月）等書，並編有《臺灣花卉文選》（臺北：二魚文化出版，一九九九年）。

此外，凌拂又曾於臺北遠流出版社推出兒童自然繪本系列，如二〇〇五年十一月出版《帶不走的小蝸牛》、《有一棵植物叫龍葵》；二〇〇六年一月出版《無尾鳳蝶的生日》、《五月木棉飛》等。

二〇〇六年是凌拂最多產的一年，除了上述二書外，又於二月出版童年成長記憶《畫字》（臺北：玉山社）；六月，輯錄〈木棉樹的噴嚏〉和〈天上的魚〉而成《天上的魚與木棉》（臺北：玉山社）；七月，《學校一百歲》出版（臺北：玉山社），在凌拂筆下，臺灣百年老校的歷史重現，並賦予各種意義。九月，臺北天下雜誌為她出版了《山童歲月》，這是退休後的凌拂，回憶在山中小學執教時師生之間的深情互動，透過纖細的筆觸娓娓道來。

三十年的教學生涯，凌拂以文學的筆，轉化成一篇篇動人的教學故事，集結成《甲乙丙丁：十七個寬容等待的教學故事》（臺北：遠流出版社，二〇一四年）。如何透過孩子童真的眼眸，辨識他們心中瞬變的小宇宙，這是書中的要旨，作家為自己的教育生命留下了見證。

近年來，仍常見凌拂於報刊發表新作，如二〇二二年於聯合報副刊刊載〈草鳴呦呦〉、二〇二三年在聯合報生活欄發表〈花汛〉。若從作品來審視凌拂，便可發現生命之於她，有兩種滋養源源不斷，一是文字、一是自然。文字讓她深入，自然讓她出離。近年這兩種滋養逐漸匯聚，將她在佛學裡安頓。

〈流螢爍金〉，出自《與荒野相遇》一書。文中可見作者感性與理性的交融，以極為細膩且浪漫的筆法，充分描繪荒山之夜裡臺灣窗螢的幽渺與璀璨，同時又很冷靜而理智地反思人類對生態環境的破壞所帶來的浩劫。

凌拂寫的是春夏之交的流螢。文章開頭，從荒山漆黑的夜裡「襲來」一隻閃著幽青的光的流螢起始，隨著空間的移轉，從室內窗紗到屋外荒山小徑，皆有流螢的蹤影。由近距離的光影熠熠，展開每一場與流螢相遇的感性書寫，或一隻、兩隻的細微觀照，或無數隻密集輝煌的魔幻體驗，其中又透顯著幾許哲思，以及深沉理性的觀照。

在山中蟄居的凌拂，筆下的流螢彷佛是近身的友人，可以群聚在山林裡舉行節慶，為作者上演一齣魔幻喜劇；或鑽入作者衣襟，如流動的水鑽般上下遊走，衣上的布紋織路是牠們行進的方向，幽微光影，佇足，前進，展翅飛去，那情景令作者彷佛在夢中。也有落單的，像紗窗上一隻閃爍著光的流螢，被作者隱隱視若桃花源的入口；像在荒山小徑上與作者偶遇的那隻，被作者輕率戲弄；像一對正在交尾的流螢，同步呼息，連在一起閃著一霎一霎的微光，作者饒有興味的，當一齣喜劇細細品賞。倘若流螢有感，亦必彼此欣賞歡看。

作者喜歡用「梳剔精緻」來形容流螢的季節，這是情感作用下的感官審美。但作者並不耽溺於此，文中每每以理性的思維進行分析與反思。創作前她先查閱相關書籍，了解春夏之際的窗螢較秋螢纖麗，也較密集熾烈。她並考察了腐草化螢的典故，以及流螢似詭譎燐火的說法。作者對被貶抑了的流螢來源與意象自然是不認同的，於是腐草化螢當是無稽之談，而飄散的燐火，作者則以「琉璃畫舫」稱之，琉璃世界與鬼魅世界直是兩樣。作者山居生活，流螢為伴，像極了清淨無染的琉璃世界，此番意境，已入佛心了。

至於現實裡土地過分開發與利用，造成自然生態的破壞，文中亦提出深刻反思。雖幸喜仍有一片荒蕪野地，供流螢飛舞棲息，但人為的劫難，加上自然的狂風悍烈，使流螢「全場奔走命在倉皇之間」。荒山之夜，作者一方面享受屋外動感燦亮的群螢閃爍，與室內安寂明透的窗螢之光，一方面則不免喟嘆，綠地逐年減少，荒野還能保存多久？文章裡充滿了美麗與哀愁。

（吳盈靜）

問題與討論

1. 作者在描述流螢時，使用了哪些修辭學的方法？
2. 作者蟄居山中歲月，對臺灣窗螢作了細緻的觀察與品賞，並得出一些生命的思考。請就文中所述進行討論。
3. 荒野如何保存？環境如何永續？請從本文的思考出發，討論人類對自然環境的影響。

延伸閱讀

1.王家祥：〈還是把「美麗」吃啦！——評凌拂《食野之芊》〉，收入於《聯合文學》第136期，一九九六年二月，頁166。

2.鹿憶鹿：〈與滿山野菜談一場戀愛——讀凌拂《食野之芊》〉，收入於《文訊》第127期，一九九六年五月，頁26-27。

3.秦就：〈把荒野搬回家——凌拂的自在空間〉，收入於《人生雜誌》第204期，二〇〇〇年八月，頁32-34。

4.林欣誼、張嘉顯：〈一人一攤・凌拂：自然的覺醒〉，收入於《誠品好讀月報》第63期，二〇〇六年三月，頁10-11。

5.熊瑞英：〈當你聽懂了花唱歌——作家凌拂以生命和自然深情對話〉，收入於《小作家月刊》第155期，二〇〇七年三月，頁12-17。

6.吳明益：〈野性與理性——關於凌拂《山童歲月》〉，收入於《文訊》第263期，二〇〇七年九月，頁73-75。

7.洪裕閔：〈凌拂——人性就該處處野放〉，收入於《幼獅文藝》第664期，二〇〇九年四月，頁76-77。

爬樹叔叔

李偉文

選文

爬樹叔叔——蘇俊郎

身旁的樹葉隨著微風輕拂，將陽光篩成許多小圓點，在身上游移。閉上眼睛，傾聽風中樹語婆娑，鳥兒啁啾，蟲鳴唧唧，突然一隻松鼠跳飛而過，抖落了幾片樹葉，像舞台上的碎紙花，紛紛撒落在身上、撒落在身旁的枝幹上……這是蘇俊郎置身四十公尺高的巨木樹冠上，享受擁抱大樹的滋味。

蘇俊郎是台灣第一位領有「爬樹執照」的教練，目前世界上獲得這項認證的，僅有五百人。

爬樹前，先問問大樹

許多人都曾有童年爬樹的經驗，但像蘇俊郎這樣，在年過半百後，花費上百萬赴美學爬樹，甚至考取教練執照的人，可就不多見了。

但是，爬樹需要學習嗎？

蘇俊郎的親身示範，解除了我和雙胞胎女兒A寶、B寶的疑問。在不釘釘子、不擦傷樹身的前提下，想爬上數十公尺高的樹頂，的確需要學習。從蘇俊郎身上，我了解爬樹不只要學技巧，更要學習尊重。

「爬樹前，一定要先問問大樹，願不願意讓我們爬！」蘇俊郎一邊說，一邊用雙手輕輕撫觸樹幹，再將一根繫了砂袋的繩索，用力向枝椏處一拋。嘿，眞準！

「好啦！大樹說，歡迎我們到它身上來，看看立體的世界。」

這位爬樹叔叔解釋，如果大樹不想讓我們爬，砂袋就會投不準。他相信，大樹有靈。因爲有靈，才能從樹苗開始，歷經風霜雨雪、雷電、地震和病蟲害的試煉，向空中伸展數十公尺，高高地俯瞰腳下芸芸眾生。

ＡＢ寶似乎也能體會他對「樹靈」的敬愛之心，若有所思地仰頭看著大樹。接下來，我看著ＡＢ寶在爬樹叔叔的指導下，爬到一棵油桐樹的樹冠上，雀躍似飛鳥，崇高如天使。

在美國，爬樹也成爲幫助兒童身心發展的訓練。赴美期間，蘇俊郎曾親眼看見第一次學爬樹的小女孩，無法克服恐懼，站在樹上進退兩難。此時，坐在樹下的母親因爲知道安全措施完善，只簡單交代幾句注意事項，便不再多加理會，繼續專心看書。

「爬樹能讓小朋友學習獨立，還可以學習用三度空間來思考事情，這樣心胸也會變得更加開闊。」據他自己說，從學爬樹至今，還沒發過脾氣呢！

十公尺以上的立體思考

曾有生態學家形容，森林的樹冠層是地球生物最後的生存疆域。一般人恐怕很難想像，在熱帶雨林裡，多數昆蟲生活於樹冠層內，鳥類當然更不用說，甚至還有許多哺乳動物，終其一生不曾離開樹冠層。地球上，竟有將近三分之二的生物，棲息在這個人類所知甚少的空間中。

然而，當我們走入森林，卻往往忘記抬起頭來，將思維向上攀升到樹梢。直到近年來，因爲爬樹方法的突破，才使我們得以窺見這立體多樣的半空領域。

在台灣，林務單位每年在每個季節都會進行一項很重要的工作——採種。「採種」就是採集樹的種子，以做爲造林、物種保存及研究之用。有些樹木的種子可以等到果熟落地之後收集，但容易隨風飄散或被鳥連果吃掉的，有許多樹種一定必須在樹上採集。由於用來採集的竿子最長不超過十公尺，所以過去的採集或研究工作，大都僅限於十公尺以下。如果必須採集更高處的種子，除了用鋸樹截枝的方法外，只能聘請山地青年徒手上樹，但不慎摔下的傷亡意外時有所聞，更遑論繼續往上深入研究了。但自從蘇俊郎將這套爬樹的技巧帶回國內後，爲相關單位開啓了一扇「看見樹冠層」的窗。

現在，他每個月有十五天待在樹冠層上，爲林務單位進行採種、丈量巨木身高等工作；一些昆蟲系的研究生在他的指導和協助下，成功地爬上樹冠層。令他印象最深刻的是，有位研究螞蟻的博士後研究員，因爲終於能親眼目睹螞蟻在樹上的活動情形，激動地大聲喊著：「我看見了！我看見！」

一張照片的啓發

「爬樹叔叔，你學爬樹以前做什麼呢？」AB寶和爬樹叔叔坐在油桐樹上聊了起來，我彷彿看見《湯姆歷險記》裡的頑童。

「猜猜看嘍！」爬樹叔叔逗著AB寶玩，她們絕對猜不到他曾是一名媒體攝影記者。在蘇俊郎的「前半生」裡，他努力扮演好一名攝影記者的角色，同時勤練英文、拿職業駕照、學做西點蛋糕，十八般武藝樣樣精通。五十歲這一年，他選擇退休，以便能專心去做一件具有開創性的事。當時，他還沒有概念，這件事是什麼，直到有一天，他在英國南部一個濱海鄉村旅遊時，無意間在書店翻到一張照片，震撼了他。

照片裡是一棵高大的巨樹，有個人靠著從樹上垂掛下來的繩索爬樹！

蘇俊郎從小就和樹很有緣分，喜歡摸樹、跟樹說話，看到樹會有喜悅感。看到那張相片後，他開始積極上網搜尋資料，發現台灣還沒有這樣的爬樹技術，儘管我們擁有至少兩千棵高達四、五十公尺以上的巨木，卻對這塊土地上的森林樹冠層毫無所知。

後來，照片中的人Peter成為蘇俊郎的爬樹老師，而爬樹教練場則位在美國的亞特蘭大。

十四層樓高的大樹教室

亞特蘭大是一座被森林包圍的綠色城市，也是一座人與自然共同擁有的花園，來到這裡，自然而然就會想要主動親近大樹。Peter為了兩棵約三十公尺、相當於十四層樓高的白橡樹，買下一座莊園，買下後便把房子拆了，只留樹當作教練場。

在和Peter學習爬樹的過程中，蘇俊郎把握每個機會，隨時拿著望遠鏡緊盯樹上的Peter瞧，Peter從沒見過這麼認眞的學生，還替他取了個外號叫owl（貓頭鷹）。

爬樹的課程還包括了架「樹床」，學員必須在各自分岔的枝椏上，將身體伸展到極限，把樹床的四個角緊緊繫牢，第一次他花了三個小時才綁好，結果全身痠痛了好幾天才恢復。

「夜攀」是另一項挑戰，要在樹上度過漆黑的夜晚，卻不能攜帶任何照明工具。這種情況下，眼睛幾乎不大有用處，聽覺、觸覺、嗅覺因此被激發到極限，能「感覺」到飛鼠從身旁滑翔而過，樹下有貓科動物輕輕踩踏著落葉，我們的身軀得以回歸到以原始本能與大自然溝通的境界。

最後，蘇俊郎通過嚴格的考試，包括對樹木的了解、十五分鐘內將困在樹上的人救下，以及在夜晚從一棵樹的樹冠橫向爬到另一棵樹的樹冠等測驗，終於取得爬樹教練執照。之後，又與一群爬樹同好爬遍了亞特蘭大的百年大樹。在那三個月中，他一共爬了五十多棵大樹，像人類其他靈長目親戚一樣，將眼界拓展到樹冠層，讓大樹伸出了臂膀擁抱他。

下一個願望

最近我問他，下一個願望是什麼，他的回答令我驚訝，竟然是帶領行動不便的殘障朋友爬樹！他這個想法剛好與荒野近年來正積極努力的方向不謀而合。這幾年荒野有較多的義工，較完整的後勤支援體系，我們也開始針對特殊對象兒童（比如弱勢家庭或特殊疾病或殘障）舉辦免費的自然體驗活動。

「他們只是行動不便，不應該剝奪他們親近大自然的權利。」他曾經在英國某個村鎮看見許多殘障人士，因而好奇地向一家餐廳老闆問道：「是不是你們的社會福利特別好，所以殘障人士都喜歡搬來這裡定居。」

「你錯了！其實世界各地的殘障人士比例都差不多，只不過我們這裡的一切設施都有替殘障人士著想，所以他們可以安全又輕鬆地走出戶外。」餐廳老闆這麼回答。

顯然在體驗過「樹是怎樣看世界」之後，蘇俊郎看人、看世界的角度也開始立體化，能關照到一般人忽略的角落。

Box：【大樹的「頭頂」——樹冠層】

一座成熟的森林可以分爲五層，由下而上分別是「地被層」、「草本層」、「灌木層」、「林下層」及「樹冠層」。樹冠層是一座森林最高的地方，這段大多是橫向生長的樹枝，叢生的枝葉交疊成一片隱密的世界，成爲許多生物既舒適又安全的家園。根據統計，目前已知的生物種類，有百分之六十以上棲息於樹冠上，包括會飛翔的鳥類、部分有飛膜的囓齒類，以及擅於爬樹的靈長目動物等。

蘇俊郎還提醒我們一件事，就是曾有專家觀察台灣的環境、氣候和林相，推測應有四萬種毛毛蟲，但目前已知的僅有四千多種，那些還未發現的物種在哪裡？可能都在樹冠上！

這是一個令人振奮的推測，且讓我們拭目以待！

作者與賞析

李偉文（西元1961～），南投人，畢業於中山大學醫學院牙醫系，身分多重，除了擔任牙醫師外，身兼荒野保護協會榮譽理事長、廣播節目及電視節目主持人，曾擔任金鼎獎評審、全國好書及公務員專書閱讀甄選審委、公共電視與華視電視公司董事。他同時也是位知名作家，筆耕超過二十年，至今已出版四十本書以上。李偉文相當重視閱讀，以為閱讀能增進智慧，故將開業診所變成可供社區民眾借書的圖書館；此外，他也體認一個人擁有慈悲心智的重要性，在年輕時號召有志一同的朋友們從事公益。在他心中，「閱讀、朋友、大自然」等三者，就是他生活重心與實踐目標。一九九五年與朋友們成立荒野保護協會，草創時期辦公室就在自己牙醫診所內。多年來，常藉由演講、寫作等方式，將他對於閱讀效益、自然保育、親子生命教育等概念傳達給大眾。即使退休後，他仍持續書寫，透過著作內容，與人分享對環境、永續、投身公益的經驗。

作為荒野保護協會的核心人物，李偉文最初以自然生態、環境關懷為書寫的主題，從二〇〇三年出版一系列生態保育著作，包括：《你每天都在改變世界：一個牙醫師的荒野大夢》、《我的野人朋友：16個守護自然的遊俠故事》、《與荒野同行——一個牙醫師的荒野之旅》；到後來初為人父，思考親職教育議題，出版包括：《教養可以這麼浪漫》、《教養，無所不在》等，書寫他與雙胞胎兒女A、B寶間成長與教養互動，深耕親子議題，引發熱烈迴響，接而繼續有電影生命教育、青少年成長類型等一系列著作。退休後，又以其自身生命關懷，書寫了生活勵志系列書籍，如：《李偉文筆記書2：一切都會因愛而美好》、《李偉文的退休進行式》等系列著作。

本篇文章出自於《我的野人朋友：16個守護自然的遊俠故事》（2004），最初創作發想緣於李偉文擔任國內環保團體要職的這段時間，認識了社會各階層特立獨行但對自然環境有所貢獻的人，他們以其自身豪情與獨特的方式，守護大自然，爭取更美好的生存環境。因此本書介紹十六位獨特守護自然的朋友，且於篇末，都會附上補充短文，說明其個人行動背後對臺灣這一塊土地在生態保育的意義。

本書介紹的第二位特色人物，就是爬樹專家蘇俊郎（1951～）。他原先為中國時報攝影組主任，在五十歲時退休後，到國外學習爬樹，是國內第一位取得攀樹授證的教練。他從小就非常喜歡樹木，到了五十歲退休時想為自己做一件開創的事，當時正在英國南部某濱海鄉村度假的他，在書店無意間翻閱了一張照片，呈現運用繩索技巧爬樹的畫面，這一瞬間勾起了他想要學習爬樹的願望。他從網路得知爬樹訊息後，隻身來到美國喬治亞州亞特蘭大市，找「國際攀樹人協會」（Tree Climbers International）的彼得．簡金斯（Peter Jenkins）學習攀樹技術。在這段學習過程中，感受到爬樹的態度、視野、科學方法與哲學意義。學成後，也將這樣的技巧概念帶回臺灣推廣。在文章中，除了前述提到蘇俊郎爬樹的訓練淵源外，更提到自己因為夜攀訓練過程，在樹上渡過漆黑的夜晚，將身體感官打開，回歸到運用原始本能與大自然溝通，且當自己在樹冠層中，被樹木枝椏擁抱著，感受到樹的力量，並學會用樹木的立體角度看世界、看人類。

正因為透過訓練，蘇俊郎認為爬樹過程意義深遠，不單只視其為技巧一環，更從爬樹經驗，體會到謙卑敬愛的態度。爬樹前透過對樹木的詢問、繩索拋擲順暢與否，傳揚一種生命態度，即對樹靈的敬愛尊重之心。他也談到爬樹的過程，除了可訓練獨立之外，還可運用三度空間進行思考。此外，爬樹技術對生態保育而言，能因此攀到十公尺以上的樹冠層，為其開啟一扇「看見樹冠層」的窗，此時科學家不僅能順利進行樹木採種工作外，對居住於樹冠層間的生物類型能有更多的認識與了解，增進自然科學界研究視野。最後，因為蘇俊郎深知被大樹擁抱的感覺，也明白樹是如何看待世界，強調人類應學習樹木的寬厚和包容，以更開放的心態關照宇宙事物。（王祥穎）

問題與討論

1. 本篇作者在文中提到：「爬樹前，先問問大樹」，這個行動背後有何意義？
2. 文中提到爬樹能幫助小朋友獨立，並學習用「三度空間」思考，這樣的思考模式對我們平常解決問題時，有何幫助？
3. 蘇俊郎的爬樹執照，對生態保育的意義遠大。請問在二十一世紀後，還有哪些另類的創意者，對生態環境有所貢獻值得我們讚頌？試舉例說明之。

延伸閱讀

1. 理查・普雷斯頓(Richard Preston)著，黃芳田譯：《爬野樹的人》，臺北市：遠流出版公司，二〇〇八年。
2. 瑪格麗特・羅曼（Margaret D .Lowman）著，林憶珊譯：《爬樹的女人：在樹冠實現夢想的田野生物學家》，臺北市：時報文化出版，二〇一六年。
3. 詹姆斯・艾爾德里德（James Aldred）著，羅亞琪譯：《攀樹人：從剛果到祕魯，一個BBC生態攝影師在樹梢上的探險筆記》，臺北市：商周出版社，二〇一八年。

八、地方書寫

引論／吳盈靜

黃繩繫腕——泰國記遊之二／余光中

故鄉那條黃泥路／顏崑陽

我在嘉義散步／舒國治

孩子／李欣倫

引論

吳盈靜

本單元為「地方書寫」，包含兩個元素，一個是「地方感」、一個是「在地化」。地方感，是人類對某個地方有主觀和情感上的依附。這個地方不一定是自己的原生地，也不一定專指在穩定的社會關係底下的物質環境，而是在一生的遷移變動中對某些曾駐足的場所留下深刻的記憶與想像。當我們選擇書寫「地方」時，我們可能會決定強調什麼，或決意貶抑什麼，而這也是我們認識世界的方式。

至於在地化，是相對於「全球化」的概念。當資本主義商品化襲捲全球時，世界各地產生多元多樣的文化值得去品味體會，於是隨著興之所至，在來去往返之間，一種自我覺醒忽焉產生。可能蟄居異鄉多年，仍歸返鄉土；也可能長期定居他鄉，而融入所居地。不論是歸返或融入，都將產生「在地化」的情感，甚至積極地發掘在地文化特質，保障在地認同和特色的存續。

地方感與在地化這兩個元素並非各自獨立，而係互相交融指涉，用文學的生花妙筆予以表述，形成「地方書寫」這一單元。因此，在本單元中，收錄了兩篇書寫嘉義縣、市的文章，兩篇記憶泰國行旅與印度生活的見聞。

在兩篇書寫嘉義的文章中，顏崑陽〈故鄉那條黃泥路〉一文是作者在臺灣北漂多年，成家立業之後，仍然眷戀故鄉：嘉義東石，經由童年記憶的書寫，將初生地所帶來的生命勃發描繪得淋漓盡致。另一篇舒國治〈我在嘉義散步〉，則是住北部的作者南下嘉義行遊後的文字筆墨，作者勾勒了這個小而美的城市，並留下文化與美食的藍圖，讓人可以按圖索驥地行腳於嘉義市，得到心靈與感官的雙重享受。

至於兩篇泰國與印度的文章，則是作家離開臺灣，遊歷他國之後所寫下的深刻印記。一篇是余光中〈黃繩繫腕——泰國記遊之二〉，一篇是李欣倫〈孩子〉。前者係作家參訪泰國大城「阿若他雅」的佛寺之後，有感於其震撼與敬畏所書寫的文章，文中作者虔敬的接受佛教文化的洗禮，在頂禮膜拜祈禱之後，心靈得到了淨化與超脫。如果這一篇是泰國佛寺之旅的美好記述，那麼後一篇李欣倫的〈孩子〉，則是記錄苦難中的靈魂。作家把自己投擲於印度加爾各答兒童之家的志工行列，書寫照護多重障礙兒童的經驗。面對這些出生即是磨難的兒童，作者的不忍、不捨與無能為力充分表露於字裡行間，並藉此展開身體與心靈的對話，也達到了某些淨化與超脫的意義。

黃繩繫腕——泰國記遊之二

余光中

選文

從泰國回來，妻和我的腕上都繫了一條黃線。

那是一條金黃色的棉線，戴在腕上，像一環美麗的手鐲。那黃，是泰國佛教最高貴的顏色，令人想起袈裟和金塔。那線，牽著阿若他雅的因緣。

到曼谷的第三天，泰華作家傳文和信慧帶我們去北方八十八公里外的阿若他雅，憑弔大城王朝的廢都。停車在蒙古菩毘提佛寺前面，隔著初夏的綠陰，古色斑斕的紀念塔已隱約可窺，幢幢然像大城王朝的鬼影。但轉過頭來，面前這佛寺卻亮麗耀眼，高柱和白牆撐起五十度斜坡的紅瓦屋頂，高簷上蟠遊著蛇王納加，險脊尖上鷹揚著禽王格魯達，氣派動人。

我們依禮脫鞋入寺，剛跨進正堂，呼吸不由得一緊。黑黯黯那一座重噸的，什麼呢，啊佛像，像我們當頂纍纍地壓下，磅礡的氣勢豈是仰瞻的眼睫所能承接，更那能望其項背。等到頸子和胸口略爲習慣這種重荷，才依其陡峭的輪廓漸漸看清那上面，由四層金葉的蓮座托向高處，塔形冠幾乎觸及紅漆描金的天花方板，是一尊黑凜凜的青銅佛像。祂就坐在那高頭，右腿交疊在左腿上面，腳心朝上，左手平攤在懷裏，掌心向天，右手覆蓋在右膝上，手掌朝內，手指朝下，指著地面。從蓮座下吃力地望上去，那圓膝和五指顯得分外地重大。

這是佛像坐姿裏有名的「呼地作證」（Bhumisparsa Mudra），又稱爲「降妖伏魔」（Maravijaya）。原來釋迦牟尼在成正覺之前，天魔瑪剌不服，問他有何德業，能夠自悟而又度人。釋迦說他前身前世早已積善積德，於是便從三昧的坐姿變成伏魔的手勢，以手指地，喚大地的女神出來作證。她從長髮裡絞出許多水來，正是釋迦前世所積之德。她愈絞愈多，終於洪水滔滔，把天魔的大軍全部淹沒。釋迦乃恢復三昧的冥想坐姿，而入徹悟。曼谷玉佛寺的壁畫上，就有露乳的地神絞髮滅火之狀，而眾多魔兵之中，一半已馴，一半猶在張牙舞爪。

一說此事不過是寓言，只因當日釋迦樹下跏趺，心神未定，又想成等正覺，又想回去世間尋歡逐樂。終於他垂手按膝，表示自己在徹悟之前不再起身的決心。然則所謂伏魔，正是自伏心魔。還是長髮生水的故事比較生動。

想到這裏，對祂右掌按膝的手勢更加敬仰而心動，不禁望之怔怔。後來問人，又自己去翻書，才知道這佛像高達二十二公尺半，鍍有緬甸的金，鑄造的年代約在十五世紀後半，相當於明英宗到憲宗之朝，低眉俯視之態據說是素可泰王朝的風格。一七六七年，緬甸入寇，一舉焚滅了四百十七年的大城王朝。據說泰國最大的這尊坐佛當日竟無法擄走，任其棄置野外，風雨交侵。也就因此，這佛像看上去頗有滄桑的痕跡，不像曼谷一帶其他的雕像那麼光鮮。祂太高大，何況像座已經高過人頭了，實在看不出那一身是黑漆，或是歲月消磨的青銅本色。只覺得黝黑的陰影裏，那高處還張著兩隻眼睛，修長的眼白襯托著烏眸，正炯炯俯視著我們，而無論你躲去哪裡，都不出祂的眸光。

佛面上一點鮮麗的朱砂，更增法相的神秘與莊嚴。但是佛身上還有兩種嫵媚的色彩。左肩上斜披下來的黃縵，閃著金色的絲光。攤開的左掌，大拇指上垂掛著一串繽紛的花帶，用潔白的茉莉織成，還飄著泰國蘭裝飾的秀長流蘇。

這花帶泰語叫做斑馬來（Puang-Ma-Lai），不但借花可以獻佛，也可送人。

「你們要進香嗎？」傳文走過來說。

「要啊，」我存立刻答道。

「香燭每套十銖，」傳文說。

我們向佛堂門口的香桌上每人買了一套。所謂一套，原來就是一枝蓮，一支燭，三根香，還有一方金箔，用兩片稍大一些的米黃綿紙包住。我們隨著泰國的信徒，走到蓮座下面的長條香案，把一尺半長的一枝單花含苞白蓮放在一只淺銅盆裏，再點亮紅燭插上燭臺，最後更燃香插入香爐。蓮是佛座，燭是覺悟之光，至於三根香，則是獻給佛祖、佛法、僧侶，所謂三寶。爐香嬝嬝之中，我們也與眾人合掌跪禱。

「這金箔該怎麼辦呢？」我問一旁的信慧。

「撕下來，貼在佛身上，」她說。

「泰國人的傳統，」傳文笑說，「貼在佛頭，就得智慧。貼在佛口，就善言辭。貼在佛的心口呢，就會心廣體胖。」

我舉頭看佛，有五、六層樓那麼高，豈止是「丈二金剛，摸不著頭腦」？

蓮臺已經高過我頭頂，「臨時抱佛腳」都不可能。急切裡，分開棉紙，取出閃光的金箔。怎麼辦呢？一看，也有人乾脆貼在蓮座底層，就照貼了。回頭看我存怎麼貼時，她已貼好，正心滿意足地走了過來。原來龕下另有一座三尺高的佛像，臉上、身上貼滿了金葉。

「你們要是喜歡，」信慧說，「還可以爲黑佛披上黃縵。」

她把我們帶到票臺前面。一只盛著黃線的盒子上寫著：「披黃縵，一次一百三十銖。」那就是臺幣一百五十多元了。

「怎麼披呢，這麼高？」我問。

「他們會幫你做的，」信慧說。

我立刻付了泰幣。那比丘尼從櫃裡取出一整疋黃縵，著我守在蓮壇下面。不久，有聲從屋頂反彈下來。仰望中，人頭從佛像的巨肩後探出，一聲低呼，金橘色的瀑布從半空瀉落下來，兜頭潑了我一身。黃洪停時，我抱了一滿懷。但是也抱不了多久，因爲黃縵的那一端她開始收線了。白帶子收盡時，金橘色的瀑布便回流上升，這次輪到我放她收。再舉頭看時，我捐的黃縵已經飄然披上了黑佛的左肩。典禮完成。

我捐黃縵，不全是爲了好奇。當天上午，在曼谷的玉佛寺內，我隨眾人跪在大堂上時，無意間把腿一伸，腳底對住了玉佛。那要算是冒犯神明了，令我蠢蠢不安。現在爲佛披縵，潛意識裡該是贖罪吧，冥冥之中或許功過能相抵麼？

《六祖壇經》裡說，梁武帝曾問達摩：「朕一生造寺度僧，布施設齋，有何功德？」達摩答曰：「實無功德。」每次讀到這一段，都不禁覺得好笑。豈止心淨即佛，更無須他求。韋次史以此相問，六祖答得好：「武帝心邪，不知正法。造寺度僧，布施設齋，名爲求福，不可將福變爲功德。功德在法身中，不在修福。」只要心淨，無意之間冒犯了玉佛，並不能算是罪過。另一方面，燒香拜叩，捐款披袈，連梁武帝都及不上，更有什麼功德？

想到這裡，坦然一笑。走去票臺，向滿盛黃線的盒中取出四條。一條爲我存繫於左腕，一條自繫，餘下的兩條準備帶回臺灣給兩個女兒。

這美麗的纖細手鐲，現在仍繫在我的左腕，見證阿若他雅的一夢。

——民國七十七年五月三十一日

作者與賞析

余光中（西元1928～2017），一九二八年重九生於南京，祖籍福建永春，一九三七年抗戰開始，隨母流亡蘇皖一帶淪陷區，一九五〇年五月至臺灣，九月考取臺大外文系，一九五四年，與覃子豪、鍾鼎文、夏菁、鄧禹平共創「藍星詩社」，一九五九年獲愛荷華大學藝術碩士，一九六四年應美國國務院邀請，赴美講學一年，一九六六年回國，任師範大學副教授，當選十大傑出青年。創作生涯漫長且卓越成家，著作翻譯均成果豐碩。

余光中在〈剪掉散文的辮子〉一文中，具體提出現代散文的三大要素：彈性、密度與質料。余光中的散文藝術技巧十分地繁複且縝密，如：善用西洋句法中的插句以及活潑的倒裝句，運用文言句法，使用典故，注重文字的稠密度，善於運用組織意象，時見工整的排偶，以複疊之字、平仄之變達到聲韻之美。故其創作的散文是鮮明、動感、立體、富於感覺性的，在技巧的成就上，乃能創新字彙、靈活地轉換詞性，設計新穎的句型，強調節奏聲律，筆法奇幻，且能整合古今中外的語言，在寫景敘事上強調感官經驗。

余光中在澎湃洶湧的文氣和絢麗奇崛的文采之外，尚有幽默的風姿，其以輕鬆的筆調、寬廣的胸襟、促狹的口吻，運用使人會心的妙喻，營造慧黠暢達的情境，更顯逸趣。其對世態人情的審視，展現其圓融溫厚的懷抱，對家國的認同與熱愛，流露著知識分子的自許，對妻女家庭的情義，凸顯其深情細緻的心靈世界，對文壇現況的評論，看出其對文學的執著與貢獻，種種主題，在其筆下皆能酣暢盡意，文質兼備。

余光中以其踔厲風發的氣度、豐富的才學與多姿的文采，接受各種思潮的衝擊與洗禮，馳騁於廣袤無垠的時空，奔蕩迴旋，舒卷自如，興酣墨飽，凌厲精巧。其散文作品兼容小說的故事性與詩歌的律動感，氣勢磅礴，文字靈動，在文壇自成一家。

本文選自《隔水呼渡》一書，描繪泰國旅遊見聞，尤其是參訪「阿若他雅」佛寺的情景，和參與當地的宗教儀式。位於曼谷北方城外的「阿若他雅」（Ayutthaya）俗稱「大城」，曾是泰國第二首都，也是泰國佛教文化的發揚地，因遭遇過戰火，古城殘破，現為世界遺產。作者在友人的陪伴下至古城憑弔歷史煙塵，更至「蒙古菩毘提佛寺」膜拜。在斷柱殘垣的廢墟中，佛寺的亮麗高聳，特別地引人注目，簷上蟠踞著蛇王、禽王的神像，氣勢雄偉。寺外的景物建築已讓人驚嘆，進入正殿時，更是迎面一座龐大的佛像矗立眼前，震懾心神，頂禮膜拜，匍匐在神像之前，磅礴的氣勢令人不敢直目逼視。慢慢地穩定呼吸，適應這種莊嚴浩大的氛圍後，才緩緩地環顧四周，金葉蓮座上端坐一尊青銅佛像，坐姿為有名的「呼地作證」又稱「降妖伏魔」，為降伏天魔瑪剌的質疑，從「三昧」坐姿變為伏魔手勢。「三昧」是佛教術語，指專注於所緣境，進入心不散亂的狀態，即「止」、「定」、「禪」。以手指地是為喚大地女神作證，並消滅天魔的大軍，這是神話寓言的超現實力量，同時具有文學的生動想像。作者對於佛右掌按膝的手勢，傳說是為警惕自己在徹悟之前不再起身的決心感到無比的敬重景仰，望之出神。這座佛寺的背後有一段滄桑的戰亂史，這座建於十五世紀的鍍金佛像，曾遭遇緬甸入寇焚燬王朝的浩劫，幸因坐佛過於巨大，無法擄走，遂棄置野外，任風雨歲月摧殘。了解這樣烽火戰亂的背景後，遂覺佛像的暗黝黑漆實是見證著歷史的傷痕和王朝的血淚，在高處端詳著眾生的眼睛，就更加的犀利透澈。

進佛寺，不能免俗的要進香獻花，表達虔誠的敬畏和祈禱，其中較特別的是將金箔貼在佛像上，貼在不同的位置能得不同的護佑應許。另外還有一種「披黃縵」的儀式，在比丘尼的幫忙下，一整疋黃縵從屋頂佛像上披瀉而下，如一道金黃的瀑布瞬間波蕩至懷中，又漸漸地回流上升，再舉頭，所捐的黃縵已披掛在佛像的左肩，完成信徒的禮讚儀式。

作者在獻敬黃縵的背後，其實是懷抱著歉意和惶恐，因為在跪拜時，不小心腳底向佛，擔心這種冒犯而不安，想藉此補償或贖罪，不致招來懲罰。但轉念想到梁武帝造寺度僧，布施設齋，達摩認為實無功德，刻意為求功德福分的作為，皆無意義，而為懼怕而做的上香披袈，更不可能有何消災解厄之效，重要的是出發點是否為善念敬心，真是當頭棒喝，旋即坦然。

這趟泰國古城佛寺之旅，作者在親身瞻仰巨大佛像和禮教膜拜的儀式中，對宗教精義有更深刻的領悟和更坦然的自在，手繫著充滿祝禱的黃繩，不再患得患失，不再憂懼禍福，或為不經意地冒犯大佛困擾，而是一場佛寺之旅的美麗紀念。（余淑瑛）

問題與討論

1. 「旅行」在你的觀念上具有那些意涵？在「旅行」中你所想得到的是什麼？請回顧某一印象深刻的旅程並分享說明。
2. 余光中在泰國寺廟的參訪，對於宗教的廟宇、神像、教義有何認識和體悟？請加以討論並論述己見。

延伸閱讀

1. IRVING STONE原著，余光中譯：《梵谷傳》，臺北：大地出版社，二〇〇一年。
2. 余光中：《從徐霞客到梵谷》，臺北：九歌出版社，二〇〇六年。
3. 王基倫：〈人與書的對話——「井然有序——余光中序文集導覽」〉，《文訊》，第138期，一九九七年，頁20-21。
4. 余秋雨：〈余光中：登樓賦〉，收錄於《中國現代散文欣賞辭典》，北京：漢語大詞典出版社，一九九〇年。
5. 林錫嘉：〈試論余光中的散文觀〉，《文壇》，第251期，一九九一年五月，頁61-64。
6. 莊宜文：〈余光中：與永恆拔河〉，收錄於《一九九八年臺灣文學年鑑》，臺北：行政院文建會，一九九九年，頁211-212。
7. 陳芳明：〈死滅的，以及從未誕生的——評余光中、陳映真道路的崩壞〉，《新文化》，第2期，一九八九年，頁84-89。

故鄉那條黃泥路

顏崑陽

每個人的記憶中，都可能會有一條印象最深的路，路面鏤印著他疊疊的履痕。履痕可能由小而逐漸變大，那是他成長的軌跡；在這條路上，來來往往間，從孩童的蹦蹦跳跳，到成年的步履沉穩。或者，履痕也可能有深有淺，那是心緒的顯影，腳步隨著喜怒哀樂而快慢而輕重。這樣一條路，誰能將它忘記！

你也有這樣的一條路嗎？我有。走過的路已經千千百百條，但記憶最深的卻仍然是故鄉那條黃泥路。

我曾在這條路上踩踏了八年，每天總要來回走一趟。從念ㄅㄆㄇㄈ走到念ABCD；從跌跌撞撞的孩童走到奔騰跳躍的少年。我們就是走在這條路上長大的呀！不但路面鏤印著我們成長的軌跡；路旁很多地方也都藏著我們吵吵鬧鬧、歌歌哭哭的故事。這樣一條路，誰不永遠都記得呢？

那時，我們都還小，因此覺得這條路特別長。第一次走上這條路到鄰村讀小學，有些害怕，也有些興奮。手上提著草編的書袋，嘴裡含著一顆糖球，赤腳踩著夾雜碎石的黃泥；短小的腳印輕細地鑲嵌著路面。怎麼這樣遠？我們走得有些累了，就找棵木麻黃的樹頭坐下來，拿出剩下的糖球，塞進嘴巴，慢慢地吮食著。那時，我們眞覺得這條路特別長，小小的步幅似乎跨不盡遙遠的路程。隨著年歲的增長，路彷彿逐漸在縮短。到小學將近畢業時，那種奔騰跳躍的年代啊！幾乎常在放學後，舉著林投樹葉作成的風輪，迎向呼嘯的北風，疾奔回家。風輪轉成淡淡的圓圓的影子；而在玩興未盡時，路已完全被拋在身後了。許多年後，攜著妻回鄉，特意在鄰村下車，讓她陪我走這條鑲嵌著童年腳印的路，才愕然發覺這條路竟是那麼短，只是我走天涯的起程罷了。

那時，我們都還小，因此覺得這條路特別寬。西半側是我們的步道，偶爾有些大人騎著單車經過，我們便成群追趕在後面，笑著嚷著，彷彿逐車吠叫的小狗。「載我啦！載我啦！」假如碰到什麼叔公啦伯父啦！手腳敏捷的傢伙，早已跳上車後的行李架了。

東半側是兩條深凹的車轍，不知有多少牛車的鐵皮輪子重疊地輾壓而過；那是祖先耕耘收穫的銘記吧！有時候，我們也喜歡踩著車轍而行，讓腳掌感覺那種泥土被輾壓過的平滑。最高興的是正好有空牛車駛來，我們便蜂擁地爬上車，讓老牛辛苦一程了。假如正臨黃昏，你能想像嗎？坐在緩緩搖盪的牛車上，看著一輪滾落稻田中的紅日，看著晚霞焚燒那片木麻黃圍護著的遠村，我們竟然不知什麼時候都靜默了下來。

那時，我們眞覺得這條路特別寬。許多年後，牽著妻走在回鄉的這條路上，當我們把四隻手拉直而連接起來，便幾乎可以摸到兩旁的木麻黃樹。爲什麼人長大了，路也跟著變窄了！尤其車如流水的都城，走在六十米的馬路上，仍然讓你恐懼到肩膀隨時會被擦破；但我們眞覺得這條路特別寬，那時我們都還很小。

這就是故鄉那條黃泥路。那時，我們都還小，因此覺得這條路特別長也特別寬。我們就是走在這條路上長大的啊！走過的路已經有千千百百條，但很多路對我們來說，只是到達目的地的過程罷了。有些路是你去買一瓶醬油或寄一封信所必須經過；有些路是你去上班所必須經過；有些路是你去趕一場約會所必須經過……。這樣的路，對你來說，僅僅就是經過而已；你沒有多餘的心思去欣賞它的美，去找尋它的趣味，因此你也不會將感情留給它。這樣的路，即使曾經走上千萬遍，當你不再經過的時候，便輕易忘記了它。

然而，故鄉那條黃泥路啊！對我們來說，它本身就是一種美，就是一種樂趣；它幾乎已成爲我們生命的一部分。在它上面或旁邊，我們不爲什麼目的，只是追逐著、跳躍著、遊戲著，甚至靜靜地坐著躺著。我們的歡樂在這裡，當然我們的痛苦也在這裡，它眞的留藏了太多我們生命的故事。

剛上小學不久，開始到處謠傳著「虎姑婆吃小孩」的怪事。聽說，虎姑婆很醜惡，兩隻犬牙特別長，從嘴角伸出來。她藏在樹林裡，尤其喜歡躲在林投樹下，窺伺幼小的孩童，趁大人不在場時，用糖果誘拐了他們，煮來吃掉。這個謠傳散播得很快。我們好害怕，再也不敢去上學。學校想出來的辦法是，叫村子裡的學生們集合排隊，讓高年級的學生走在外側，並且用繩子把我們圍起來。那段時間，我們每天就是這樣踏上黃泥路。

路旁不遠的田地中，有兩座小土丘，上面幾棵木麻黃樹，以及茂密的林投叢。我們睜著眼睛、閉著嘴巴、跳著心肝，走在繩圈裡。雖然有這麼多同伴，但偷覷著土丘上的林投叢，彷彿就看到虎姑婆躲在裡面，正咧著長長的犬牙，瞪著森森的眼睛，找尋肥美的對象。有時隊伍裡面開始傳出驚怕的叫聲及哭聲，高年級的學長，趕忙鑽入繩圈，安慰這些特別膽小的同學。這時，似乎整個隊伍的腳步不知不覺地加快……，終於一起奔跑起來，趕緊逃離這段恐怖的路程，看到校門已在眼前，才鬆了口氣。

唉！那時，我們眞的還小，這條路似乎總是躲藏著許多妖魔鬼怪。我們也成爲祖母所講的鬼故事中，讓鬼嚇得蒙緊棉被的小可憐了。不過，在害怕中，我們似乎也帶著些好奇，總覺得那兩堆土丘充滿著神祕。虎姑婆眞的躲在上面嗎？我們曾經這樣問過。後來，「虎姑婆死了，被蔡老師殺死的！」隨著這另一個傳說，虎姑婆的謠言逐漸淡去。我們仰望蔡老師高大的身影，竟恍然覺得他是古代的俠客。而這條黃泥路哪！走起來卻似乎少了些刺激。

我們對那兩堆土丘的興趣越來越濃厚；終於隨著年歲的增長，我們勇敢地占據了土丘，讓它作爲玩鬧的場所，採林投葉來編製各種玩具啦！打擂台、鬥群架啦！多年以後，當妻循著我手指處望去，卻看到土丘已被剷平，約及腰高的蔗叢，在挾帶塵沙的風中，俯仰著柔韌的長葉。然而，我的眼中卻依似有兩堆土丘，林投葉縫間閃爍著虎姑婆森冷的眼睛，以及迴盪著我們笑鬧的聲影！

我穿第一雙鞋子，是在考上初中後。小學六年，我的腳板都那麼清楚地感覺著這條黃泥路的冷暖和粗細。夏日的傍晚，我們踩著輕快的步子回家；每一步，腳板都明白地感覺到泥土滿含著陽光的餘溫。冬日的早晨，我們躡著腳跟去上學，路面已凝結了薄薄的霜粉；每一步，腳板也都明白地感覺到泥土飽蓄著霜氣的冰冷。你是知道的，泥土柔細的觸感，總會讓人聯想到情人的摩挲；但鑲嵌在它上面的碎石，卻更像情人氣忿的手，掐擰得你疼痛難當。尤其是在寒冬裡，凍得發紫的腳板，踩在碎石上，那種感覺你能想像嗎？而我們畢竟是這樣走過來了。

不管暖也好，冷也好，細也好，粗也好，我們都眞切去接收從泥土所傳來的自然消息。我們的生命已和自然同一呼吸、同一脈搏。

後來，我曾坐計程車經過台北街頭。清晨，從事窗可以看到有些人正在紅磚道上慢跑；白色的運動鞋很具彈性地踩著平整的路面。司機突然笑了幾聲，「他們不曉得走路的滋味！」我看他扶在方向盤上的手，粗糙而黝黑；踩在油門上的腳，沒有穿鞋子。啊！我完全明白他這句話的意思。多年以後，我和妻穿著光潔的皮鞋，走在這條路上，路面已換成平坦的柏油。妻只能想像一群赤腳的小孩，躡著腳跟，走在黃泥雜著碎石而凝著霜粉的路上。我的腳板已蠢蠢地想掙出鞋子，然而如今細嫩的腳底怎能忍受碎石的砥礪！更何況我將到哪條路上，才能從泥土接收自然的訊息呢？

故鄉那條黃泥路，眞的留藏著太多我們生命的故事。你或許沒有想到，在那樣童稚的年歲裡，我們也會偷偷去喜歡某一個小女孩，並且把她的名字刻在路旁一棵木麻黃樹幹上。或者，我們放學回家時，有些粗野的男生一路捉弄著女生；另有那個勇敢的男生看不慣，上前爲女生解圍。雖然他被揍得鼻青臉腫，跌進路旁的水溝中；但那些粗野的傢伙，卻被他瘋狂拚命的勇氣嚇跑了。啊！故鄉這條黃泥路，眞的收藏著太多我們生命的故事。那時，我們都還小。這條路，就是我們遼闊的世界，裝載著我們的喜怒哀樂、歌哭笑語。

許多走過的路都已忘去；但故鄉這條黃泥路卻始終橫亙在記憶中，而且越來越清晰。我並非已衰老到只靠回憶支撐殘餘的生命。我也知道什麼都將逝去；永恆，並非一種不變的現象。我已接受了另一些不見泥土的康莊大道，更不爲那條黃泥路的種種改變而傷感；然而，人所以不同於牛，就在於牛牠不記得曾經走過的路，再深的轍痕蹄跡，都無法提示牠認清自己勤苦的生命。而我們卻那麼明白自己從何處走來，又將走向何處。我深深記得故鄉那條黃泥路，就是記得自己從哪裡走來。

現代人最大的悲哀，乃是太健忘了，從不記得自己甚或祖先是從哪裡走來，因此也就不太清楚該走向何處；但不管黃泥路變成什麼樣子，我心中將永遠有那麼一條路——路旁種植著木麻黃，木麻黃之外是兩堆長滿林投樹的土丘。一群赤腳的孩子，躡著腳跟，走在黃泥雜著碎石而凝著霜粉的路上。

作者與賞析

顏崑陽，一九四八年十一月一日生於嘉義縣東石鄉副瀨村。副瀨是一個小漁村，土壤貧瘠，生活簡困，十四歲時（一九六二），父母為謀生計，舉家遷居臺北，卻獨留他在家鄉。隔年，他才揮別故土，北上團聚。臺北居大不易，生活艱辛的苦悶，加上一顆敏銳易感的心，詩詞古文遂成為他心靈的出口，當時臺灣文壇正處於六〇年代西方現代主義與傳統古典文學交融的階段，顏崑陽以臺北的異鄉人身分，不斷汲取古典文學的養分，使他從素樸的漁村少年蛻變為臺北文青，古典詩詞與現代文學的創作日漸豐碩。

此外，他對學術的追求與熱愛，也讓他登上大學講堂，成為知名的中文系教授，老莊思想、李商隱詩、蘇辛詞、文學理論與批評等等，皆有可觀的成就。目前雖已自教職退休，但仍開設「顏崑陽文學館」持續他的講學，提供實體與線上直播，讓有興趣的普羅大眾得以學習精進。

除學術論述外，他的創作各體兼備，古典詩、現代詩、散文、小說、寓言等文類皆有，其中以散文為大宗。他曾出版《顏崑陽古典詩集》，短篇小說集《龍欣之死》，現代散文集《秋風之外》、《傳燈者》、《想醉——我讀飲酒詩》、《手拿奶瓶的男人》、《智慧就是太陽》、《人生因夢而真實》、《上帝也得打卡》、《顏崑陽精選集》、《小飯桶與小飯囚》、《窺夢人》等書，獲聯合報文學獎短篇小說佳作、中國時報文學獎散文優等、中興文藝獎章古典詩創作獎、中國文藝獎章現代散文創作獎、九歌八十九年度最佳散文獎等等。

顏崑陽儘管著作等身，獲獎無數，但仍深深眷戀童年的家鄉，並強調他的文學興趣，是在大自然裡奔馳的童年階段建立起來的，原來貧瘠的水土是作家最初的沃土。這位學者型的作家曾自述散文創作理念是：「**用眞心賦生活以豐盈的意義。用精確、靈變的語言賦意義以生鮮的形式。在我心手之間，散文寫作絕對不會淪爲『文字手工業』。**」

他的散文內容與形式並重，內容必須根植於生活，語言得要精確、靈變而不陳腐。這些理念與文學成果，都來自故鄉的滋養。副瀨村，是顏崑陽的生命之鄉，也是文學原鄉。他在《窺夢人》自序中曾指出，真切的生活著，才是文學家的第一要務。為情造文，離不開現實生活的體驗，文學家最優先要做的事，就是真切地生活著。

本文選自一九八九年十一月出版的《手拿奶瓶的男人》。以「故鄉那條黃泥路」為題，娓娓道敘一段永難忘懷的生命故事。顏崑陽彷彿穿越時空，重回童年現場，那窮苦卻快樂的童年，一條夾雜著碎石的黃泥路，就是他們遼闊的世界，裝載了所有的喜怒哀樂。雖然村裡沒有小學，必須走長長的黃泥路去鄰村上學；雖然沒有嶄新的書包，只能提著草編的書袋；雖然沒有鞋子穿，只能赤足走在碎石路上。但有一群玩伴，有零嘴糖球，有牛車，有虎姑婆吃小孩的妖魔傳說，還有可以編製玩具的林投樹葉，可以刻上女孩名字的木麻黃樹幹，這兩種海邊常見的植物樹種都成為他們玩樂的園地。這些記憶中的童趣還包括如何避開傳說中藏身於土丘，虎視眈眈吃小孩的虎姑婆，飽嚐驚嚇與刺激；也包含坐在緩緩搖盪的牛車上，靜靜地看著稻田中央火紅的夕陽與遠方的晚霞，充滿詩意與浪漫。

此外，值得一提的是，文章中運用摹寫的功力描繪童年真切感受的泥土氣息。因為沒有鞋穿，赤著腳走在黃泥路上，腳底充分感受著柔細的泥土，那觸感如情人的摩娑般舒暢。有時踩踏到粗硬的碎石，則似氣忿的情人，用手掐擰那樣疼痛難當，作者把這條故鄉之路認作情人般珍藏於心了。除此之外，彼時尚幼的作者已能細膩感知夏日的泥土含有陽光的餘溫，冬季泥土則飽蓄霜氣冰冷的沉味。這一細一粗、一暖一冷，藉由腳底傳遞的泥土氣息，是人與土地最深沉直接的連結。

這篇文章如同揭開了塵封已久的情書，為了這紙情書，打開了記憶之門，於是孩童們的笑鬧戲耍，都飄忽躍然於紙上。記得當時年紀小，故鄉那條黃泥路又長又寬，生命就在這天寬地闊中自然成長，作者的情感帶入十分深厚，但也時時作出理性的思維，比如他意識到，童年覺得路寬，長大了路卻變窄了，於是清楚地認知這條路「只是我走向天涯的起程罷了」，但「它本身就是一種美，就是一種樂趣，它幾乎已成為我們生命的一部分」，「我深深記得故鄉那條黃泥路，就是記得自己從那裡走來。」那條留藏著童年生命故事的路，豐富在作家心裡，湧現在作家文字間，而定格在所有牽掛著家鄉的讀者面前。（吳盈靜）

問題與討論

1. 這篇文章如何摹寫童年記趣？請討論。
2. 文中提到「為什麼人長大了，路也跟著變窄了？」答案除了童年與成年的視覺不同之外，還有什麼深刻的涵義？
3. 每個人的記憶中，都可能有一條印象最深的路。你有嗎？請彼此討論與分享。

延伸閱讀

1. 林錫嘉：〈燈照方圓，心燈千里——評介《傳燈者》〉，《文訊》，第16期，一九八五年二月，頁135-143。
2. 夏瑞紅：〈我來自窮苦的小漁村——訪顏崑陽〉，收入顏崑陽《智慧就是太陽》，臺北：九歌出版社有限公司，一九九二年，頁227-246。
3. 秦嶽：〈太陽無私四方開・評介顏崑陽的《傳燈者》〉，收入秦嶽《書香處處聞》，臺中：中市文化出版，一九九九年，頁113-124。
4. 陳錦穗筆錄：〈感動，在我每一個喜歡之中——顏崑陽教授談閱讀〉，《幼獅文藝》，第542期，一九九九年二月，頁6-10。

5. 胡衍南：〈人生因夢而真實——專訪顏崑陽教授〉，《文訊雜誌》，第190期，二〇〇一年八月，頁99-103。

6. 黃雅莉：〈從顏崑陽〈窺夢人〉談現代散文中的寓言與象徵〉，《國文天地》，第18卷第11期，二〇〇三年四月，頁58-65。

7. 向陽：〈體要與微辭偕通：論顏崑陽散文〉，收入陳義芝主編《新世紀散文家・顏崑陽》，臺北：九歌出版社，二〇〇三年，頁15-29。

8. 鄭柏彥：〈開拓中國古典文學研究新視域——顏崑陽教授的學思歷程〉，《國文天地》，第320期，二〇一二年一月，頁100-105。

9. 黃雅莉：〈虛實相生，正中見奇——顏崑陽《窺夢人》的散文觀及其創作實踐〉，彰化師大《國文學誌》，第39期，二〇一九年十二月，頁51-90。

我在嘉義❶散步

舒國治

選文

全臺灣最有意思的城市，有可能是嘉義。有意思，怎麼說呢？一來它自古（清朝末年。或日治中期）已是城市，但直到今日它在臺灣城市的排名居然只是第十三大，也就是說，是個頗小頗小的城市。這造成它可愛卻又宜人的尺寸。二來它稱得上「城市山林」，與它南面不遠處的台南之無山相比，是多麼可貴；於是嘉義自東緣高山（阿里山山腳）與水源（蘭潭）等襲來的林野佳

❶嘉義：嘉義市古名「諸羅山」，清康熙四十三年（西元1704），縣治從佳里興（今臺南縣佳里鎮）遷移到諸羅山，以木柵為城，至今已有三百年歷史。二〇〇四年嘉義市文化局發起慶祝諸羅建城三百週年的各項活動。至於日治時期的嘉義，則是在明治三十年（西元1897）日本政府變更行政區劃，將原屬臺南縣的嘉義支廳改為嘉義縣，並於嘉義市設辦務署統轄嘉義縣，是嘉義市繁榮的開始。故文中所言並未考實，僅作者猜誤而已。

氣，令嘉義總是與大自然不太遠。三來嘉義城中心小吃頗佳，有老城的風範，不像台中偌大一市卻覓吃不易。四來，也是我最感著迷的，是嘉義街巷中房舍之老舊嬌小且充滿生活風情，加以改建較慢，三、四十年代至七十年代的建築留存最多，是我所謂「電影劇情的場景」最豐富的城市。

故我總愛一次又一次的來嘉義，停留半天，或過它一晚，在街巷中東張西望，看屋舍，看窗台人聲，看窄梯小樓，看深巷破牆……，然後遐想五十年代一個教書匠推著腳踏車，轉過巷口，與一個賣豆花的擔子，擦身而過……，而耳間依稀聽到瞎眼按摩人傳來幽幽的笛聲。

然而嘉義散步，不是那麼容易。乃它一年中日曬的時間太長，人在烈日下走不了多久：故我從不見有人談嘉義散步之書作。

嘉義散步只能在冬季（深秋有時都不可能）。也就是說，一年中不過兩個月左右。像現在，便是佳時。有時若遇小雨，或打傘或不打傘，更有風情。

既是散步，幅員不宜太廣。嘉義的市中心。不妨西面以鐵路爲邊界，東以中山公園，南以垂楊路，北以林森西，東路各爲邊界，如此圍起來的一塊地方，便在其中的南北向二十多條、東西向十多條此種阡陌裡游移。

京都有所謂的散步路線，但嘉義市不易特別勾出三、五條完整的「有景」路線：必須走較長的段落，然後撞上一兩個趣景，但於我已極過癮了。我的方法是，信步由之，主要先取小路，如西向東，不走中山路，走北榮街，走上一段，遇成仁街（也是小路），再南行，遇光彩街，再西向，算是往回走。走到林森西路這樣的大路時，再選蘭井街向東走。

便這麼向東向西，取小街，便能看到不少僻處隱晦的舊日生活情狀，這像是不經意的看到不少臺灣老電影的片斷一樣的經驗，於我是特好的娛樂。像安樂街一九○巷，L形的弄堂，安靜極了，卻又像不久有事要發生，實是電影（Motion picture）的畫面，而不是拍照（still）的畫面。

像光彩街六七○號「榮南實業」（中油辦事處），是那種和風兼臺灣瓦房式町家，既是辦公室，側面推開玻璃門，或又是住家，極有生活感。我站在外面停看，覺得盯看三、五分鐘也不膩，特別是裡面有人走來走去拿東西或點菸或取報紙什麼的。這也是爲什麼侯孝賢電影如此耐看的相似道理：場景深刻而人的動作合於眞實人生時。

走累了，恰好是品嚐嘉義小吃的時機，如和平路近東門圓環的「劉里長雞肉飯」，文化路的「郭家雞肉飯」，民族路的「呆獅雞肉飯」。如延平街近文化路的「米糕」（無招牌），或成仁街近延平街的「羅山米糕」。如民權路近民生北路的「肉羹」。再如延平街文化路口的「阿娥豆花」與「阿龍土魠魚」等等，多是幾十年的傳統老字號，簡單卻又美味。

散步兩、三小時，想歇歇腿，最佳場所是「植物園」❷。緊貼在中山公園❸北面，大樹參天，景至森然，卻又有老城園林之雅馴，不至陰野兮兮。附近的「王田社區」❹，是依山而建的郊外式社區，乾淨爽朗，生活怡然。小橋一座，

❷嘉義植物園：位於嘉義市民權路，緊臨中山公園。植物園中遍植各種熱帶植物，樹群挺拔高聳，椰林蔽日，清風送涼，號「林場風清」，為嘉義八景之一。

❸中山公園：位於嘉義市中山路、啓明路、民權路之間，是日治時期所建。園中林木蒼翠，蓊蔚蔽天，澗水環迴，水石清幽，池亭水榭，布置有方，異木奇花，四時不謝，身臨其境，俗慮盡釋，尤以新雨初晴，碧空雲淨，喬木滿園，嬌翠欲滴，號「公園雨霽」，亦嘉義八景之一。

❹王田社區：民國八十三年在馬里長與環保義工隊長陳青秀帶領下，自發性成立「環保義工隊」，居民多年來自主性推動「生活環境總體改造」營造社區環境綠美化，他們對社區的認同與歸屬感很強，不但合力打造社區惜福公園及許多花草巷弄，同時處處可見資源回收、廢物利用的成果。廢棄輪胎打造的溜滑梯、以水泥氣體做花圃外圍的美化、利用廢棄枕木讓花園泥土不流失、園內植物均施灑以廚餘製作的有機肥料，不只是百香果樹高四層樓，社區裡的其他樹木也綠意盎然，還吸引稀有的「黑冠

兩車相會，禮讓而過。社區中，一公園，旁有垃圾分類回收小亭，處處小景可愛。

嘉義便是有這麼多隱藏之驚喜，哪怕是看一眼維新街近林森東路的「嘉義監獄」❺，大王椰高聳天際，其間一幢白牆綠門，何有趣的一件已顯荒涼意的民國式建築。

麻鷺」在樹上築巢生子。義工隊全力投入環境保護工作，帶動里民一起來珍惜愛護生活環境。建造古色古香的「惜福客棧」、「五福亭」收集資源回收物，由環保義工及熱心里民共同維護管理，美侖美奐的建築、整潔的環境、詳細的分類及圖示說明，成為嘉義市資源回收的楷模及各縣市觀摩學習的對象。該社區得到九十五年度國家永續發展社區獎。

❺嘉義監獄：為全臺唯一完整保存的日治時期監獄建築，具唯一性之法治建築類型。該建築群自大正八年（西元1919）創建，大正十一年（西元1922）竣工啓用，其後陸續加建，至民國四十七年（西元1958）為止，其內容約有三十座建築物，其中以興建於一九二二年之智、仁、勇三舍、一至三工場、行政辦公室（一）等具有高度的歷史價值。「嘉義舊監獄」的發展變遷與臺灣近代獄政沿革關係密切，印證了臺灣獄政重要發展史。嘉義市政府為保護此珍貴文化資產，於民國九十一年八月十六日公告指定為市定古蹟，並積極爭取升列為國定古蹟，終於民國九十四年五月二十六日，內政部公告指定為國定古蹟。就歷史意義而言，為日治時期獄政發展的重要建築物，並與雲嘉南地區的發展息息相關；就建築藝術而言，為目前世界僅存的兩座日式賓夕凡尼亞式建築之一，所使用的木料亦來自阿里山，因此更具有特殊之建築史意義。

倘要選一條最具嘉義「古街」的路巷散步，不妨取「雲霄厝古道」❻。可自民權路與吳鳳北路交口開始，民權路北面平行的一條小巷，由此小巷向東，便是「雲霄厝古道」。此古道所經，有忠孝路一八一巷，有共和路一三五巷，有和平路三六一巷，其間老宅頗多，但已無清末建築：有的已是日本式與閩南式融合後之風格。我覺得更有賞觀與遐思之特色。其中共和路一三七號，據云是嘉義世家許世賢❼老宅，其建築頗富日本閩南融和式風格。

「雲霄厝古道」東端，可結束於安和街，向南，有地藏王廟❽與昭忠

❻雲霄厝古道：意即來自「福建省漳州府雲霄廳的聚落」，因此得名「雲霄里」。雲霄厝跨及「內安里」、「雲霄里」、「檜村里」。雲霄厝古道是指從安和街一九七巷連接和平路三六一巷到共和路一三五巷。所以這個古道一直延伸到忠孝路。

❼許世賢：生於臺南府城的書香家庭。與嘉義張進通結婚後，相偕赴日作醫學研究，同獲九州帝國大學醫學博士學位，有「鴛鴦博士」佳話。回嘉義後與夫婿開設順天堂醫院。臺灣光復，派任省立嘉義女中代理校長，創設嘉義市婦女會，當選嘉義市第一屆參議員，連任四屆省議員，當選嘉義市第六屆市長，兩屆立法委員，不辭勞苦，為民服務，頗有績效與佳評，因有「嘉義媽祖婆」之稱。民國七十一年一月當選嘉義市第九屆市長，是年七月成為第一屆省轄的嘉義市長，在任一年逝世，享年七十六歲。

❽地藏王廟：即嘉義市九華山地藏庵，本屬佛教寺院，因兼具儒、道性質，故又稱地藏庵廟或地藏王廟。廟內菩薩金身，於明末即已由善士自唐山安徽九華山輾轉隨鄭國姓護持來臺。草創致祭，未有定

祠❾，繞看一圈，至此又可向西回走了。

這便是我逛看嘉義的興味大致：看一抹四十年代至六十年代的「小城臺灣」。我希望這些殘殘舊舊的街道與房樓永遠也不要改建。

作者與賞析

舒國治，一九五二年生於臺北，曾任廣告企劃、撰文，參與電影演出等。七、八〇年代即以小說《村人遇難記》獲時報文學獎優等獎，並曾擔任紀錄片《古厝》編劇（余秉中導演，張照堂攝影）。他原有意投身電影，但因當時國片不佳，電影人並不令人羨慕佩服，於是終返寫作。一九八三至一九九〇年浪跡美國。一九九〇年冬返臺長住，此後所寫，大多是地方、旅行、小吃等生活散文，而其中最常著墨的題材，卻是閒晃。「隨遇而安，能混且混，個性迷糊，自欺欺人」是他給自己下的註腳。他雖終日晃蕩，卻渾身一股文人的閒適自信，故被稱為「城市的晃遊者」、「優雅的浪遊」。他曾自云：「我跟全世界在路上無家可歸的人一樣，逃避使得人進入流浪。但並不是逃避一個確切的事態，像是逃兵、逃婚、逃債。一定是有件事有

所。清康熙中葉，信士擇定於今址（民權路二五五號）恭奉。康熙五十五年（西元1716），由北路營守備游崇功募資正式建邑厲壇，為屋祀地藏王菩薩。

❾ 昭忠祠：位於地藏王廟右側。主祀義民公，紀念清乾隆年間林爽文之役、道光年間張丙之役、同治年間戴潮生之役固守嘉義城殉難的官兵。

人一定要去做，然而你逃避，你不做，然後演變成晃蕩。天下之大，那我到底是要做什麼？這個狀態，稱之為晃蕩。」他的寫作領域涵蓋甚廣，如電影、遊蕩、旅行、生活、音樂……等等，文字通透疏朗，意趣悠閒，並擅長透過空間影像儲存情感。一九九七年以〈香港獨遊〉獲首屆華航旅行文學獎首獎，一九九八年以〈遙遠的公路〉獲第一屆長榮旅行文學獎首獎。著有《流浪集》、《門外漢的京都》、《理想的下午》、《臺灣重遊》、《讀金庸偶得》等書。

〈我在嘉義散步〉一文選自舒國治《臺灣重遊》一書（臺北市：大塊文化出版股份有限公司，二〇〇八年初版）。身為臺北人的作者以晃遊的姿態、慢活的心情、電影的視角來發現嘉義之美。因為閒晃之故，文中少了歷史的考實、民俗的探究、城鄉的對比，而純出乎私我的浪遊感受。他體會到嘉義的小而可愛，點出了嘉義的山林之美與小吃風味，他尤其發掘了隱藏於巷弄間的老屋風情，如同電影拍攝手法般定格於一個窄梯小樓，一面深巷破牆，一方靜極的L形弄堂……等等，讓作者發出淡淡的思古幽情。儘管文中亦流露出「老宅頗多，但已無清末建築」的喟嘆，然而嘉義的老舊靜謐仍擄獲了這位浪遊者的心。跟隨他的文字筆墨，就像來一場簡單純粹的嘉義漫遊，沒有紛擾較量的心，只有當下的隨喜平和。（吳盈靜）

問題與討論

1. 請走訪嘉義古蹟，並探尋其歷史淵源與民間傳說。
2. 嘉義有名的小吃有哪些？請品嚐嘉義小吃，並描述其味道。

延伸閱讀

1. 吳晟：〈海的滋味〉，嘉義縣政季刊《最佳之邑》，二〇〇四年秋季號，Vol.7。
2. 劉克襄：〈九又二分之一的旅行—尋訪紐西蘭人的鐵道筆記〉，嘉義縣政季刊《最佳之邑》，二〇〇五年秋季號，Vol.11。
3. 林央敏：〈回到根的所在〉，嘉義縣政季刊，《最佳之邑》，二〇〇八年夏季號，Vol.21。

孩子

李欣倫

選文

吞食

S今年八歲半，但她好瘦好小，像不經意飄過的羽毛。她沒有同齡女孩的柔軟，她全身僵硬，始終拳著手，肘關節凝縮，兩腿極不自然地曲疊在一起，像化石，凍結在床上。美麗如她不該遭此遺棄。或因如此美麗，至少未被放棄，多年在兒童之家的床鋪、輪椅和浴間安靜旅行。她蜷在我懷中，半睡半醒。蟬蛹般存在。

第一口牛奶總是特別困難。當湯匙觸唇，她輕顫，極纖細，世界感受不到那重量，如同雪從枝椏紛落。當她逐漸適應溫牛奶和湯匙後才乖巧嚥下，但舌頭難受控制，些許牛奶從上捲的舌溢出。沒關係。總之她喝了點什麼，有足夠的營養繼續呼吸。

她沒有同齡女子那般幸運，保有油亮的辮子，誰為她剃了頭，頭形更明顯。左額有個不自然的凹陷，像重物挫擊。我撫摸那凹陷，不禁顫動，是懲罰還是眷顧？她帶著陷落的記憶、殘缺的身世來到這裡，躺在床上，固定在輪椅上，任由湯匙和牛奶維繫生命。尿濕了，她渾然無所覺，甚至不會哭泣，等待志工們接近，聞到尿騷。

輕喚她的名，唱歌，說故事給她聽。告訴她我是誰，為什麼來這裡。她好像聽進去了，抑或什麼也不懂，始終眨著長睫毛，盯著我，盯著虛空，丈量彼此距離。偶爾發出獸的叫聲。是寂寞，是抗議，還是歡愉。

以我為枕。這一刻，我是她暫時的母親，她是永遠不屬於我的孩子。她屬於每一雙濕熱的手心，每一滴同情的眼淚。屬於過去，屬於現在。屬於生，也屬於死。最純粹最簡單。撫摸她乾淨臉龐，腦中不時勾勒她生命版本的其餘可能。如果健康，她現應穿著整潔的制服和白襪，晃著兩條辮子，快樂地上學。如果沒生病，她應得蛋糕和親吻，同齡男孩向她羞赧示好，眼神始終離不開她。

吻她的睫毛，嗅聞她身上淡淡的氣味。不知道她在想些什麼。也許是什麼也不想，活在每個新鮮當下。對她而言，我的吻和歌是遙遠星體還是安靜爆炸的，無法拒絕，只能接受。所謂的思考對她毫無意義。情感毫無意義。時間毫無意義，但那仍舊是不容懷疑、不容剝奪的存在，細密地縫紉於時間地表。志工們見證了她的存在，臨時的媽媽施予乳房的溫暖，然後說她的頭形在自己懷中下柔軟凹陷，舒緩丘陵。但凹陷不證明什麼，體溫不曾詮釋什麼，誰也不能證明她是否眞的活著，因爲太安靜，像世界末日，像地衣默默地吸飽水氣。偶爾她翻出白眼，無意惡作劇，多半是開始睡眠或已經熟睡的表徵。你不禁懷疑其實她死了，還好只是睡了，只是睡了，睡了。對她而言，睡眠和死亡同義，毫無意義。

流出

B的下唇裂了一道長細縫。日本志工愛對我說，他是兒童之家最難餵的幼童。餵進口腔的糊狀物有一半從縫口溢出，流了滿嘴滿身。彷彿體諒志工們的辛勞，B很合作地吞嚥食糜，可是他無法悉數吞入，黃黃流體從細縫滲出，像破洞的水管，無能爲力。B十歲了，他的意志力逐漸增長，看得出他努力吸收食物，但愈張大口，食物愈是荒謬地從洞口流出。

在這裡，沒有所謂的咀嚼，何況品味。這裡，只有吞，只有灌，只有強迫吸收和無奈接受，湯匙、牛奶和食糜具有極大的權威和侵入性。他們別無選擇，就像他們對自己的誕生、殘缺、遺棄和被撿拾毫無參與權。可是他們總盡最大努力去完成吃食義務，即使大部分食物從破洞的唇、張大的嘴湧出，但至少，至少幾湯匙的營養夠他們在明天睜眼之後，繼續接受灌食和餵食。

從那洞開的下唇；在那流溢滿嘴的狼狽和無助中，我彷彿理解某種進食原理。不確定那是否接近生命本質或足以思索人類和食物的關係，但從「流出的遠比吞下的多」之儀式中，意外發現一切無非隱喻，無非象徵。當他們奮力吞下混雜自己鼻涕和口水的食物時，卻無法阻止食物漫出唇舌，太清晰的苦難究竟不是餓鬼道地獄，而是某種價值的昭然若揭。是的，流出的遠比吞下的多。吞下，流出，流出，吞下。這難道不是選擇，類似割捨、堅持因而造就的哲學和美學？

原先我讀不懂當中的關聯。自從上吐下瀉，再也吃不下任何東西那天，似乎逐漸釐清這渾沌。跪在發黃發臭的馬桶旁（好像跪在眞理腳邊），吐出昨日爛熟的木瓜、印度薄餅、奶茶和咖哩，未被消化也未曾消失的片刻，從馬桶深處凝望著我。分明是告解形式，在午夜時分。我不知道那是什麼，腹痛如絞將要撕裂，就要撕裂，髒汙即將分娩，就要降臨。摸黑爬到馬桶邊，排瀉不出任何可能，卻嘔出大量暗示，點點滴滴，化爲黑暗水流。

隔天清晨，開始腹瀉不止，簡直是威脅，謀殺進食的可能。關於生病、腹瀉、嘔吐、發燒，這裡的志工都可以侃侃而談，恍若必經之路。在用潔淨的手去攙扶去餵食去擁抱之前，你得扎扎實實生場病，徹底變成病人，無能爲力地躺在床上、跪在馬桶旁，從自己混沌的的屎尿中體會苦難，經歷無常。總是這般，當你發現某個志工今明兩天沒出現，肯定能在後天看到他滿臉倦容，蒼白虛脫，像鬼一樣遊走在街上。即便他閉口不提，你能同情理解，他的身體剛剛經歷一場戰爭，清潔習慣正與髒臭印度抗衡。

整整拉了四天肚子後，我在地鐵站育見（編案：應是遇見）那挪威籍的志工。他兩眼渙散，兩頰的肉明顯垮下來。我問候他，安慰他我也病了四天。他喃喃自語：「究竟誰能在印度存活？」與其是詰問，不如是對現實、對生命的臣服。英國籍的R更促狹地說，你拉五天肚子算啥？我可是認眞的腹瀉了八天哩。一群冰島籍的師生來此服務，上了年紀的老師領著十五、六個年輕女孩子，共同體會生命教育。然而每天出現在收容所的人數不一，某天只剩兩個女生。問怎麼回事，她們心照不宣的眨了眨眼：「你知道的……」更別提那團從義大利來的叔叔阿姨了，報到的隔天便全部消失，我以爲他們臨時變更行程、飛往他處，三天後才從復原速度最快的L口中得知，這幾天他們如何躺在床上，隨著腹痛的位置頻頻更換睡姿。

無論國籍、膚色、年齡和背景，來這裡的志工得先學會照顧自己。某天夜半我被腹痛驚醒，腹瀉的前兆。如廁後才發現原來剛剛已經拉了一次，褲子全是黑黑黃黃的臭，只是我渾然無覺，仍像是豬隻一樣睡在自己的糞便中。虛弱仍不免微笑，這就是隱喻，就是象徵哪。那一刻，我像那群失去失去行動力的孩子，泊在自己的屎尿裡，距離生命本質最近的啓示。眞理化成髒臭馬桶，逼視著習慣優雅、善於僞裝的自己。道在便溺❶。原來如此。道在便溺。

❶道在便溺：典故出自《莊子》外篇《知北遊第廿二》中，東郭子問莊子道在何處？莊子說無所不在，即使在最卑下的螻蟻、稊稗、瓦甓、屎溺當中都有道的存在。

原來如此。流洩的遠比吞嚥的多。那些固體與液態經過我，短暫停留，部分停留，經由過濾和沖刷，最後從下體蜿蜒流出。生命結晶。面對印度和病人，你學會謙卑與感恩。他們鏡照了人們的無知，放大我對身體、靈魂的膚淺知識。B教我這些事，如同我總在印度學到高純度的哲學。只是你不得不認（編案：應是忍）受那髒汙、那噪音，那永遠洗不淨的鼻孔和腳底。你得接受不潔的餵食，才明瞭原來所有營養都在髒汙之中。道在便溺。

返臺後的一週半，繼續拉肚子。只要不疼，我倒是喜歡這殘留的記憶形式，樸質而免費的紀念品。在加爾各答腹瀉，爲了清除臺灣種種。在臺灣腹瀉，是對加爾各答人、事、物的遙遙眷戀。不吃止瀉藥，基於個人意義。通過這秘密儀典，我和S、B仍悄悄聯繫著。

偶爾疼痛，我變換姿勢，像他們蜷縮肢體。偶爾凝視虛空，睡在具體和抽象的排泄物裡。對我而言，睡眠與死亡同義。毫無意義。

脫去

即便各國的志工前來服務，Daya Dam裡仍有不少專職的印度女人，負責烹食、替孩童洗澡及處理雜務。畢竟志工有季節性，通常乾季比雨季多，上午比下午多。但孩童一直在那，躺在床上，坐在輪椅上，不因志工旅行和返家而消失、停止流口水。他們仍在那，經歷每一天，度過身體變化和季節變遷，即使大多無知覺。

他們始終在那，床上或輪椅上。自閉兒重複著細微動作，肢障的孩子重複著同樣搬遷。他們始終在那。不會消失，不像夢也不是夢。令人傷感，無能爲力。相較於來來去去的志工，印度女人才是他們的母親。朝夕相處，熟悉每一位孩子的名，熟記他們的床位、飲食狀況，以及如何幫他們復健按摩。朝夕相處，對細微處反倒遲緩，如他們身上的傷、乳房抽芽、眼瞳閃過的流星，或緩緩生長如毛髮的，薄薄意識。志工也是旅人，初來乍到的幾週，眼睛是剛削下的檸檬片，新鮮，精神，極飽滿的酸。若停留月餘，景象不再新奇有趣，旅人只想快速通過嘈雜與煙塵，對周遭的友善和敵意甚感疲乏。

檸檬發餿，大抵是檸檬的問題。慣性徹底謀殺旅人，硬是將移動背包、遷徙帳棚豢成忠實沙發、甜蜜雙人床。

眼瞳發餿之前，我看見他們的傷和髒。看見印度女人習以爲常的工作模式。她們稍嫌粗暴，在精光的孩童身上用力抹肥皂，快速沖去，無視於他們的顫抖。孩子像剛剛捕獲的魚，抽搐著，隱形鱗片幽幽發光。有的口吐白沫，許是吞進了肥皂水。全身精光，被擲在木板床上。印度女人示意我爲孩童擦身、穿衣、比手畫腳，叨唸著不知是印度話還是英文的奇異聲調。

對於印度女人的做事態度，志工們從震驚到接受。畢竟在印度，我們都是旅人，只是過客。志工飛來，從孩童身上經驗並感動，無論幾週或幾年，終要離開。正如旅人最好對印度的貧窮和種姓制度保持沉默。不是鴕鳥心態，而是相較於我們的快速移動和廉價同情，實在沒有立場大聲疾呼，意圖改變。無論有多少志工服務，長期照護終究是印度女人的工作。正如你我都熟知的；對於工作，日復一日，大量複製，能有多少熱情和感動？只能安靜凝視她們搓洗肢體變形的孩童，彷彿那是再熟悉不過的抹布，當他們交到你手中，你就得盡速爲孩子套上衣服；穿上陳舊、發黃、掉了鈕扣、缺了拉鍊的衣褲。

孩子們在擁有之前，先學會放棄。穿上之前，先學會脫去。不同尺寸的衣褲裙疊在櫃內，沒標姓名，全憑印度女人和志工依孩子身形選擇。他們沒有選擇權，或說他們從不懂何謂選擇。他們只是站在那裡，任由我套上衣褲。紅衣黃碎花裙前天給A穿，今日則給N穿。褪色的牛仔短褲今天給G穿，明天輪到F。他們沒有執著，不懂何謂執著。今日穿上，明日脱去。今日脱去，明日穿上。簡單。自在。

孩子們多半剃了頭，在脱去衣褲前，無由分辨性別。衣褲盡褪，才知是男是女。無論男女，他們都太瘦，骨頭形狀明顯，突出。他們毫不遮掩、不畏懼，因爲從不知裸體和害羞是什麼，只是不住顫抖，皮膚突出細細顆粒。好冷。好冷。冷水從平頭往下流，流到眼裡，流到嘴裡，流向肚臍流向下體。即便如此，有的孩子仍不住地笑。笑及顫抖，開心的樣子。方才躺在地上被冷水沖激時的抵抗、無助、張惶已消失。他們盯著你笑，開心的樣子。然後跌跌撞撞走向你，冷水沿身體流下。好冷。他們走向你，笑且顫抖。用力抱你，緊抓你的圍裙；有的甚至將圍裙的繩結鬆開了，笑然後顫抖。有的看著你，滿嘴口水鼻涕。好開心。好冷，但好開心。

我哭了。我不該哭，因爲他們好開心，雖然顫抖。

那好瘦好小的身軀貼近你，想汲取體溫，渴望乾毛巾，眼神仍舊天眞。擦乾小身體，小手緊抓著你，抓你的臉和頭髮。這是唯一他可以抓取的。臉，頭髮，當下。抓緊你，兩條腿極辛苦地支撐著，顛躑著。

雙腿細瘦，我總懷疑會在陽光下蒸發。雨季降臨，小身體是否化爲水流，流進沒有苦難的國度。

穿衣

浴間旁是陽台，志工們在這兒爲他們穿衣。清潔的身體在太陽下，等待乾淨衣褲，能走路的孩子緩慢移動，有時尚未穿衣便裸著撞進遊戲間。對他們而言，穿衣太抽象。行動不便的孩童躺在軟墊上，肢體顫抖、僵硬，爲他們穿衣實在是天大的考驗。我總是遲疑，不敢貿然移動變形扭曲的四肢，但愈是擔心愈無法順利完成。印度女人見狀，立即前來示範，用那不知是英文還是印度話的語言教導，但我始終不敢嘗試用力拉扯。

後來發現，必須適度拉扯，否則無從穿衣。

痛嗎？我不知道。不敢想，不能想，多少是不舒服的感受。例如L，總笑得燦爛，但爲她穿衣，她會鬧彆扭，生氣便全身僵直，關節不再柔軟，像沉重石板。她更不願配合，僵直身體讓我們無法穿衣，更無法抱在懷中。她抗議，以身體表達不滿，因爲痛。好痛。好痛。

我懂什麼是痛嗎？我不懂。與冷水、粗糙木板、陳舊衣服接觸的諸種感受，我無法理解。將身體交給陌生的手，無法體會。關節硬被扯開、四肢硬被折疊，那樣的痛我不懂。我什麼都不懂。什麼都不懂。

又如G，平時很安靜，即便逗他開心，仍笑得含蓄，但洗澡後卻皺緊眉頭，睜大雙眼，不時發出咿咿咿的單音，彷彿哀求。可是我得爲他穿衣，必須這麼做。他仍哀求，眼神無助。我知道那很痛，超乎想像的，長夜的痛。但我必須。我必須，好嗎。通常我得花點時間伸展或彎曲孩子的關節才能勉強穿上衣服，同時盡量讓衣服配合他的身體，至於褲子，必須在其於志工的協助下，一人輕抬他的臀部，另一人迅速穿妥，方能順利完成。即便我們盡量放慢動作，然而在這期間，G仍不時大聲乾嚎。我知道閉上眼會比較容易。我必須這麼做。我得關閉耳朵關閉情緒，噢，孩子，我必須這麼做。我得想像在軟墊上的你或妳只是沒有生命的娃娃，沒有神經，沒有血肉，沒有呼吸，沒有痛楚，否則我無法前進。噢，孩子，我必須這麼做，否則我無法、我無法前進。

穿妥衣褲，志工將會走路的孩子帶進遊戲間，肢體萎縮的孩子則被抱入復健室。坦白說，我害怕抱G，他總令我想起可拆卸的玩具。你得穩穩拖住頭、手、腳，因爲始終無力下垂，沒有支撐能力，像零件，彷彿稍微用力就能分別卸下頭，拆下手，分離雙腿。也許是眞的，如果不留意，G的關節會磨損、鬆脫，頭、手、腳即將分離，像果實，像落葉，像嘆息。

走路

P始終眼皮低垂，看起來極度沒精神，事實上，她已經盡力自己讓她看起來不這麼疲累。到了遊戲時間，我牽她的手帶她走走，她反握我的手，但仍望著別處。我可以感覺她用盡了全身力氣，緩慢而吃力地踢踏那細瘦異常且彎曲的腳。一步。一步。一步。她嘗試好好使用那雙不怎麼靈光的關節和退化的肌肉。她慢慢地轉換身體重心：右腳好不容易踏出去了，她無可自制地擠眉弄眼，彷彿右腳關節連結著臉部神經。接著是討厭而沉重的左腳，光是提起腳掌、讓腳掌乖乖地平放在地上便令她流下難堪的鼻涕。完成一個步伐，她不禁全身顫抖。

看P走路，我才知道「舉步維艱」的意思。

P卻很喜歡這樣的走動。比起瑟縮在角落玩那看起來一點都不好玩的破絨毛娃娃，走路是健康而充實的。

我相信她可以一直這樣走下去。

赤裸

她是少女了。第一次脱去N和A的衣服，我嚇了一跳，她們看起來年紀很小，乳房卻已隆起了，小小丘陵。A的下體則有稀疏毛髮。

那令我想起春天，山櫻花，嫩芽抽長。該是美麗季節，經過灌溉的一切充滿喜樂與生機。小丘陵有太多可能，那裡，祕密滋長，哺育太多心事，應該好好遮掩，不宜見光。她們卻任由我或其他的男志工脱去衣裳，任由印度女人面無表情地吱吱咯咯搓洗，在男志工、女志工面前赤裸。任憑我們將過大、過舊的衣裙套上那丘陵，遮蔽滿山櫻花。她不知道赤裸是什麼，青春是什麼，正如無法分享天光和風景、咀嚼意義和眞理。

我們爲她穿衣，N始終微笑，A則生氣抗議。記得初次幫A穿衣，她仰躺在軟墊上，嘴裡滿是水，當我試圖接近，她用力地摔我的手臂，指力極強，留下斑斑痕跡。當時，她的體毛和乳房令我訝異，我以爲她仍是孩子——當然她永遠是孩子，直到帶著發亮的鱗消失——只是，我以爲她是孩子，沒有乳房、體毛，當然也沒有情緒和心事的，單純的孩子。

可是她的乳房和體毛開始明顯起來了，那不正意謂著成長契機；意謂著抽芽和山櫻花，意謂著青春來了？難忘但可怕的青春來了。某種蟄伏潛居的力量即將爆發，像山櫻花的憤怒和激情。狂亂，暈眩。但在輪椅和軟墊上的青春被遺忘了。必須被遺忘、被忽略，因爲這裡有好多孩子，許多不同年齡、不同身體尺寸和不同成長速度的孩子。這裡還有洗不完的床單、衣褲，清不完的杯盤和屎尿，而志工來來去去；志工總是來來去去，孩子卻不曾消失。非得遺忘，必須忽略，諸如山櫻花、抽芽或春天氣息。

但來不及了，我已目睹新鮮的青春緩緩泌出，像街頭隨處可見的甜美甘蔗汁，叮叮噹噹，青春正好。儘管她們始終微笑，仍舊怕冷，敏感但安靜地來到你身邊，突如其來地擁抱你，扯你的圍裙，但一切都來不及了，回不去了。憤怒的山櫻花哪；即使微微抽長靜靜發芽，憤怒的山櫻花季即將來臨。所有風景都會開始狂亂地燒著，燒著。噢，所有的風景開始憤怒的燒著，她們從孩子變成少女，她們無法擁有祕密。

她們赤裸著。始終赤裸著。

剃髮

R拿著心愛的髮夾貼近我，咿咿嗚嗚，似乎示意我替她別上。可是她沒有頭髮了。前兩天她還有一頭濃密、烏黑的捲髮，現在沒有了，因爲頭蝨，修女剪去她的髮。她像大部分的孩子剃了，在前兩天。

兩天前，三天前，一個星期或更久之前，她總戴著紅髮夾，志工常不意地爲她穿上紅衣，紅衣紅髮夾顯示她的聰明與機伶。兩天前她失去了美麗的頭髮。當修女鉸下捲髮，她仍舊笑得開心，抓起地上散亂的髮線，對著我笑。

也許她並不傷心。對頭髮沒有概念。對頭髮沒有依戀和貪愛。也許很傷心，因爲有時沉默，看起來憂傷，捲髮成了平頭，傷心是正常的。又或者她不知道自己沒頭髮了，才會緊握髮夾，頻頻示意志工替她別上。她信任地將髮夾交給我。她一低頭，我乍見青亮如蛋殼的頭皮。

握住溫熱的紅髮夾，我不知所措。想起鉸下的絲絲縷縷，晾在陽台，然後迅速被收走，丟棄。但那形式記憶了什麼，類似溫暖的感情片段。那分明是感情容器，收納著彩色玻璃、旋轉發條還是氣球、彩色筆，可是我們輕易剪下，喀嚓喀嚓除去對她而言也許很珍貴的紀念。

頭髮沒了，但R仍拿著紅髮夾，微笑著。她不知道很多東西不見了，不再擁有。也許她漸漸會發現事情不對勁了，因爲志工紛紛將紅髮夾還給她，放回手心，搖搖頭，抱歉地說我不能夠。她皺眉瞪著髮夾，不瞭解整件事的意義。

她們不知道爲什麼所有東西都會離開身體。冷水離開身體，衣服離開身體。頭髮離開身體，紅髮夾離開身體。志工的手離開身體。

她永遠不懂什麼是分離。

作者與賞析

李欣倫（西元1978～），於桃園中壢，自幼生長在中醫世家中，第一本散文集《藥罐子》以中醫漢藥入文，藉以表現出少女成長中的身體變化及微妙心事。而後進入研究所就讀，完成《戰後臺灣疾病書寫研究》、《金瓶梅之身體感知與性別辯證》等兩本碩、博士論文，散文創作也體現了研究的議題，交出了第二本散文集《有病》，其關懷集中在身體、疾病、記憶等主題上。

〈孩子〉選自李欣倫的第三本散文集《重來》，講述作者前往德蕾莎修女在印度加爾各答創辦的兒童之家，擔任孤兒與多重障礙兒童的看護義工的親身經驗。

因緣際會，加上對身體與疾病的議題有長期深入思考，李欣倫在二〇〇六年分別前往印度的加爾各答以及尼泊爾的加德滿都當志工，回國後也在國內醫院的臨終病房擔任義工，在一次次照料缺陷、殘障、臨終等老少身體的志工經驗當中，給予李欣倫最直接也最深刻的衝擊省思，打破了我們對身體習以為常的健康形象，扣問困在一個個已經不堪使用的身體中，靈魂所欲宣說而不得的啟示，這些篇章集結成《重來》，開創疾病書寫與旅遊散文的新可能。

在這篇〈孩子〉中，李欣倫不準備給予讀者舒服的閱讀經驗，而是如實寫下在印度擔任志工會遇到的各種真實狀況，包括永無休止的腹瀉，照顧各種身心有缺陷孩子時遇到的種種困難。看著李欣倫筆下唇裂仍努力進食的男孩；舉步維艱卻仍努力練習走路的孩子；身體已經成長，心智卻仍停留在兒童階段的少女。穿衣、吃飯、走路，所有我們習慣的簡單動作，都可以是另一個生命的艱鉅挑戰。李欣倫的文章給予我們一個新的視角，重新看待我們的生活環境、健全身體以及我們未曾注意過，但是確實地擁有的平凡幸福。（陳政彥）

問題與討論

1. 你是否曾有過看護老人或小孩的志工經驗？若有，請與同學分享。
2. 這篇文章記錄李欣倫前往印度擔任志工的經驗，請問你是否也有出國的經驗？你從中獲得了什麼啓示？

3. 在李欣倫的文章中有許多對身體的描寫，請問你最喜歡自己身體的哪一部分，為什麼？

延伸閱讀

1. 李欣倫：《藥罐子》臺北：聯合文學，二〇〇二年。
2. 李欣倫：《有病》，臺北：聯合文學，二〇〇四年。
3. 〔日〕千葉茂樹作，吳國禎譯：《德蕾莎修女傳》，臺北：上智，一九八九年。

Note

國家圖書館出版品預行編目資料

大學國文Ⅱ：關懷・永續／王祥穎、余育婷、余淑瑛、吳盈靜、林宏達、周盈秀、陳政彥、楊徵祥、蘇子敬、蔡忠道編著. ——初版. ——臺北市：五南圖書出版股份有限公司, 2025.01
面； 公分
ISBN 978-626-393-465-8（平裝）

1.國文科 2.讀本

836 113008694

1XPA

大學國文Ⅱ：關懷・永續

主　　編— 蔡忠道
召 集 人— 曾金承
編 著 者— 王祥穎、余育婷、余淑瑛、吳盈靜、林宏達
　　　　　周盈秀、陳政彥、楊徵祥、蘇子敬、蔡忠道
編輯主編— 黃惠娟
責任編輯— 魯曉玟
封面設計— 韓衣非
出 版 者— 五南圖書出版股份有限公司
發 行 人— 楊榮川
總 經 理— 楊士清
總 編 輯— 楊秀麗
地　　址：106臺北市大安區和平東路二段339號4樓
電　　話：(02)2705-5066　　傳　　真：(02)2706-6100
網　　址：https://www.wunan.com.tw
電子郵件：wunan@wunan.com.tw
劃撥帳號：01068953
戶　　名：五南圖書出版股份有限公司

法律顧問　林勝安律師

出版日期　2025年1月初版一刷
定　　價　新臺幣320元

※版權所有・欲利用本書內容，必須徵求本公司同意※

經典永恆・名著常在

五十週年的獻禮——經典名著文庫

五南，五十年了，半個世紀，人生旅程的一大半，走過來了。
思索著，邁向百年的未來歷程，能為知識界、文化學術界作些什麼？
在速食文化的生態下，有什麼值得讓人雋永品味的？

歷代經典・當今名著，經過時間的洗禮，千錘百鍊，流傳至今，光芒耀人；
不僅使我們能領悟前人的智慧，同時也增深加廣我們思考的深度與視野。
我們決心投入巨資，有計畫的系統梳選，成立「經典名著文庫」，
希望收入古今中外思想性的、充滿睿智與獨見的經典、名著。
這是一項理想性的、永續性的巨大出版工程。
不在意讀者的眾寡，只考慮它的學術價值，力求完整展現先哲思想的軌跡；
為知識界開啟一片智慧之窗，營造一座百花綻放的世界文明公園，
任君遨遊、取菁吸蜜、嘉惠學子！

全新官方臉書

五南讀書趣

WUNAN Books since1966

Facebook 按讚

1 秒變文青

五南讀書趣 Wunan Books

★ 專業實用有趣
★ 搶先書籍開箱
★ 獨家優惠好康

不定期舉辦抽獎
贈書活動喔！！！